A FEBRE

MARCELO FERRONI

A febre

Companhia Das Letras

Copyright © 2023 by Marcelo Ferroni

Grafia atualizada segundo o Acordo Ortográfico da Língua Portuguesa de 1990, que entrou em vigor no Brasil em 2009.

Capa
Elisa von Randow

Ilustração de capa
Willy Horizonte

Preparação
Silvia Massimini Felix

Revisão
Ana Maria Barbosa
Marina Nogueira

Os personagens e as situações desta obra são reais apenas no universo da ficção; não se referem a pessoas e fatos concretos, e não emitem opinião sobre eles.

Dados Internacionais de Catalogação na Publicação (CIP)
(Câmara Brasileira do Livro, SP, Brasil)

Ferroni, Marcelo
   A febre / Marcelo Ferroni. — 1ª ed. — São Paulo :
Companhia das Letras, 2023.

   ISBN 978-85-359-3548-6

   1. Romance brasileiro I. Título.

23-158433   CDD-B869.3

Índice para catálogo sistemático:
1. Romances : Literatura brasileira   B869.3

Eliane de Freitas Leite – Bibliotecária – CRB 8/8415

Todos os direitos desta edição reservados à
EDITORA SCHWARCZ S.A.
Rua Bandeira Paulista, 702, cj. 32
04532-002 — São Paulo — SP
Telefone: (11) 3707-3500
www.companhiadasletras.com.br
www.blogdacompanhia.com.br
facebook.com/companhiadasletras
instagram.com/companhiadasletras
twitter.com/cialetras

Aos que não se despediram

1. O ACONTECIMENTO

A ilustre família, ilustre como as mais respeitadas famílias de bem, acumulou tantos ódios ao longo dos anos que a própria casa se tornou ressentida e venenosa. A porta dos fundos está morna ao toque e resiste à pressão de dona Inez, como se estivesse colada. A cozinha está escura, mais escura que a manhã, e parece não só quente, como também úmida. Ela tranca a porta depois de entrar, guarda as chaves e aperta a bolsa contra o peito. Há pratos, talheres e panelas amontados na pia, e um leve cheiro de podre, talvez da lixeira mal fechada. Apesar de conhecer cada canto e utensílio ali, tem receio de deixar suas coisas na bancada.

— Dona Celina?

A voz sai fina, incerta. O porteiro disse que passaram a noite movendo coisas lá em cima, o síndico reclamou. E seu Abel caiu de novo, não conseguiu se erguer.

— A dona Celina teve que chamar o menino da noite pra ajudar.

— Tadinho — disse a empregada. Não estava claro se ela se referia ao garoto da noite ou ao velho.

Agora, a mulher fica parada no meio da cozinha, sem saber se espera ou se avança para o corredor escuro. A luz da manhã não consegue penetrar na sala, é como se a noite se acumulasse ali dentro.

— Ai, meu são Miguel Arcanjo.

A casa pulsa. Os vidros batem, sussurram. O velho conversa com os mortos. Ela sabe, ela sente.

— Dona Celina?

Ajeita os óculos de lentes grossas, respira fundo. Por fim, avança e acende a luz do corredor.

O brilho amarelo se reflete nos tacos lustrados, os sussurros desaparecem. Agora há apenas silêncio e o zunido da lâmpada. Dona Inez espia a sala, nota que há móveis fora do lugar. As cadeiras de espaldar alto estão espalhadas, algumas tombadas.

— Dona Celina?

O som do trinco a faz saltar. A empregada idosa aperta mais a bolsa e se vira para o fim do corredor. A porta do escritório está sendo sacudida, a maçaneta gira, alguém, ou algo, luta para sair.

Dona Inez dá um passo pra trás, na direção da cozinha. A porta do escritório se entreabre, alguém geme lá dentro. Um par de braços faz força pelo vão. A empregada sabe que é dona Celina, sabe que a mulher tem passado as noites ali, e agora ouve sua voz que implora pra sair. Móveis são arrastados, ela vê a ponta da mesa, uma cadeira. O braço se estica pra fora da lápide vertical, dedos cravados no ar.

— Inez…

Há urgência por trás da aparente calma.

— Inez, *por favor*.

O brilho de um olho cruza a fresta. A patroa se fechou ali, fez uma barricada, é o que a empregada idosa pensa. Agora não consegue sair, está encalacrada nos próprios móveis, e é só ir lá ajudar, ela pensa. É de manhã, e no entanto a casa está quente; a pulsação parece vir das paredes, sussurros e risadas filtradas por baixo da porta onde está o velho.

Dentes batem numa gargalhada próxima. Ha ha ha. Ha ha. Dona Inez não sabe se é dela, de sua própria boca, não tem mais idade pra descobrir. Ela se vira, e a sala, limpa e abafada, com as cadeiras tombadas, a assusta de um jeito que não tem como explicar. É como estar na entrada de uma gruta bem profunda, ela pensa, e sente o vento molhado da gruta correr em suas entranhas. Recua devagar, olha uma vez pra trás e continua a retroceder, os pés se enrolam no tapetinho da cozinha.

— *Inez!*

Celina suplica de longe, muito longe. Os mortos escapam para a superfície e se arrastam até a velha empregada. Ela se vira na direção da saída, ouve suas respirações pesadas, precisa fugir, mas as mãos tremem ao buscar as chaves na bolsa. O cheiro do lixo fica mais forte, é cheiro de peixe estragado e fezes e cadáveres de frango. Um corpo suado está ali atrás dela, depois de décadas preso na escuridão. Inez encontra as chaves emboladas, os dedos não têm força para envolvê-las. Uma maré oleosa, de coisas guardadas mas não esquecidas, a atinge e sobe pelas narinas.

Ela grita.

2. O PATRIARCA

O vento que varre a rua e sacode as palmeiras nos vasos de cimento é doente. Marco não entende da direção ou do tipo dos ventos, assim como não sabe distinguir as árvores ou nomear os peixes, com exceção de salmão e atum; o restante se enquadra na categoria peixe branco. Mas seu corpo sente, a cidade toda sente e é pressionada por esse vento morno que anuncia uma guinada violenta no que está por vir. Ele aperta o botão do interfone na porta gradeada e acena para o porteiro. O homem está sentado junto a uma mesa de madeira escura, logo depois de um pequeno pátio azulejado, e não acena de volta; talvez não o tenha reconhecido com a máscara. Marco grita, sem saber se fala no interfone ou direto com ele. Diz que é filho do seu Abel, do terceiro andar. Uma nova lufada de ar o faz fechar os olhos. Ouve o som de portas batendo, de coisas caindo. As árvores chacoalham, como se os troncos fossem ser arrancados, dá medo que um galho caia na nossa cabeça.

O porteiro faz uma consulta no fone, repõe o aparelho no gancho e grita de volta:

— O senhor pode subir.

O portão estala e Marco entra, passa pelo pátio e cumprimenta o porteiro, que voltou a ver uma TV portátil no canto da mesa. Sobe os cinco degraus até o patamar, empurra a porta metálica do elevador e aperta o número 3. É um elevador de aço com visor digital, moderno para o prédio velho. Ele se olha no espelho, ajeita a mochila no ombro direito e apalpa o tufo ralo sobre a cabeça, um hábito adquirido desde que notou que era um pouco calvo.

Dona Inez, a empregada, abre para ele com um sorriso triste, o pano de prato enrolado na mão. A velha diz que está terminando a sopa, mas é para ele ficar à vontade, o pai está na sala de TV.

— E a Celina?

— Estava só esperando o senhor — diz a empregada, girando a chave na porta. Passa por ele no pequeno corredor de entrada, Marco a segue até a sala. Dona Inez trabalha com a família há décadas, sempre teve cara de avó deprimida, com os mesmos óculos enormes no rosto. Ela o deixa sozinho e ruma para a cozinha, de onde se ouve o chiado intermitente da panela de pressão. Marco fica ali por um momento, parado na sala ampla. Sente cheiro de desinfetante floral, olha as duas poltronas brancas, o sofá, as mesinhas metálicas com tampo de vidro, cheias de vasos, cinzeiros que ninguém usa, porta-retratos. A sala é comprida e iluminada, podia ser aconchegante não fossem os quadros sombrios pintados por Celina. As janelas estão fechadas, mas a sala não está quente. A empregada deve tê-las fechado agora que o vento aumentou. As copas das árvores sacodem e batem nos vidros, os caixilhos vibram. O chão de tacos brilha.

Ele deixa a mochila numa das poltronas e se dirige à sala de TV, separada por dois pilares.

— Boa tarde, pai.

O velho está sentado na poltrona retrátil de vinil bege. Usa um pijama antiquado, azul-marinho, de mangas compridas, as mãos manchadas se projetam para fora, caídas sobre os encostos laterais. Está tão magro, curvado com a cabeça pendendo para a frente, como um louva-a-deus, que o peso do corpo mal vinca o vinil do encosto. Os pés com meias grossas estão enfiados em sandálias de borracha. Deve estar com frio.

A TV, no centro da estante cor de mogno, está desligada, mas o velho olha a tela, ou parece olhar; o rosto é tão enrugado que os olhos somem nas bolsas de pele, não dá nem para saber se está acordado ou dormindo.

— O senhor quer que eu ligue, pai?

Espera um momento. Como o velho não se mexe, Marco se aproxima e se ajoelha ao seu lado; a rótula estala, ninguém é jovem naquela família.

— Pai?

Nota que Abel está sem o aparelho de surdez. O filho observa o rosto estreito e flácido, a barba por fazer, os cabelos desgrenhados, muito finos, que se erguem como fiapos de algodão. Óculos grossos, de armação amarronzada, no mesmo estilo que ele usa há pelo menos quatro décadas. Na mesa à sua direita há uma cesta de palha com seis controles remotos de tamanhos diferentes, um copo d'água intocado, o jornal, cujos cadernos foram mexidos e remontados, e livros velhos empilhados, com as lombadas apagadas pelo tempo. Há também três porta-retratos. Um traz Abel e Celina, à beira de uma piscina de hotel, alguns anos depois do casamento. Outro, curioso, do pai ao lado do general Geisel numa cerimônia; o velho nunca havia exposto a foto, ele a guardava numa pasta com outros documentos, apesar do orgulho que sempre teve de sua relação com o ex-presidente. O terceiro é grande, de bordas prateadas, e exibe a família reunida no Natal de alguns anos atrás, o último que passaram juntos.

O velho está no centro da foto, sentado no sofá que na época tinha cor de berinjela, as mãos apoiadas na bengala. À esquerda de Abel estão Joana, ele e a filha. Ele se vê um pouco mais novo, um pouco mais magro, um pouco menos careca. É triste constatar que aquele passado ainda prometia algo; algo que, ele deveria ter sabido, não iria se cumprir. Na foto, ele está quase abraçado a Vanessa, sua filha. Ela nunca suportou abraços nem proximidade. Ele não se lembra de ver uma foto da menina sorrindo, e nessa também está emburrada. Mas ele sabe o motivo do mau humor naquele dia específico: Alex, o mais novo, tinha ido viajar com a namorada para alguma praia deserta. E ela, dezenove anos, teoricamente emancipada, não podia ficar desatendida por conta das crises de ansiedade. Das crises de ansiedade e dos... dos... — não, esse não é o momento nem o lugar para falar disso.

No outro canto da foto está Cláudio, seu irmão mais velho, ao lado da esposa e das duas meninas, com idades entre dez e treze anos, Marco não sabe ao certo. Ao contrário de Vanessa, elas têm enormes sorrisos armados. A madrasta está em pé, um pouco afastada, curvada para entrar no enquadramento. Marco nessa época tinha voltado a morar com Denise e os filhos, foi ela quem tirou a foto. Ele se lembra, claro. Futuro promissor e tudo mais. Foi o último Natal que passaram juntos.

Na foto, ele e Cláudio riem, o primogênito tem a expressão cínica dos Soares Lobo. Mas não Joana, a mais nova; está séria, os braços cruzados, incomodada de estar ali. Suas feições emburradas lembram as de Vanessa: o mesmo franzir de boca, o queixo pronunciado, genes e humores da família. A foto transmite o mal-estar daquele dia, faz Marquinho recordar a briga. Nunca mais puderam reunir toda a família depois disso, mas não consegue lembrar exatamente o estopim da discussão. Estava ocupado com outras coisas, tentava agradar Denise. Ela havia dado uma nova chance ao casamento, depois de dois anos separados, e ele queria mostrar que as coisas seriam diferentes. Não deu certo.

— Se você não fosse tão bocó, talvez ela ainda estivesse com você — disse Cláudio, com seu tato característico, no Natal seguinte, quando Marco apareceu sem mulher e sem filhos. O primogênito parecia estar sempre disposto a arrumar briga com alguém, mas Marco aprendeu, ao longo dos anos, a não entrar em seu jogo. Não tem o mesmo temperamento de Joana, a irmã estouradinha; prefere argumentar, ponderar, a sair no tapa.

Nesse momento da vida, no entanto, Marco às vezes duvida se esse é mesmo o melhor método. Conversinhas, sorrisinhos, *tato*. Não está só sem mulher e com pouco contato com os filhos, como também… no trabalho… ele… Antes de completar o raciocínio, sente um formigamento úmido na barriga, que sobe pelas paredes do peito e pressiona a garganta. Leva a mão à base do pescoço, como se pudesse aliviar o novelo que o sufoca. Tem um temor de estar ali, na casa do pai, quando deveria ter ficado em casa, participando de uma reunião on-line importante do departamento. Tenta se convencer de que o pai é um *problema pessoal*, que está acima do trabalho, mas a sombra do trabalho o subjuga mesmo ali.

Preciso ver meu pai, que não está bem, ele escreveu à diretora.

A diretora respondeu em minúsculas, *ok, remarcamos para amanhã*, e dava para ver o asco impregnado naquelas quatro palavras.

Ouve a porta do corredor e se vira. A madrasta está ali, os cabelos muito negros de tintura, ondulados e molhados, descendo até os ombros. Tem o rosto pálido, o nariz reto desaparece na máscara descartável azul-bebê. As marcas escuras debaixo dos olhos parecem mais pronunciadas. Celina olha para ele, depois para o velho. Um tique nervoso faz o olho esquerdo piscar duas vezes. Aos seus pés há uma mochila de ginástica estufada. Ela o encara de novo; Marco se ergue e os joelhos estalam.

— Olá, Celina.

— Olá, Marco.

Ele indica o pai.

— Ele está assim o dia inteiro?

A madrasta observa o velho na poltrona, há algo em sua expressão que incomoda Marco. Cansaço, desespero, impaciência e mais alguma coisa que ele não sabe definir. Ela o chamou porque sentiu os sintomas do coronavírus e está com medo de transmiti-lo ao marido, mas ali, na soleira da porta, parece bem, ainda que um pouco nervosa.

— Ele mal tocou no copo d'água.

Marco assente. Pergunta se ela está bem, e a madrasta responde rapidamente que sim, que talvez não seja nada, mas está com uns tremores e um pouco febril, não quer arriscar.

Há algo de estudado nela. Cláudio, o mais velho, sempre achou que Celina se casara com o pai por conta do dinheiro. Não se dão muito bem, é por isso que a mulher prefere ligar pra Marco nas situações de emergência.

Nessa manhã, quando ela telefonou, não demonstrava a serenidade de sempre. Eram sete horas, perguntou se ele estava dormindo. Não, não estava dormindo. Fritava na cama, virando-se de um lado para o outro à espera de se levantar para mais um dia infeliz. A voz da madrasta tremia, parecia que estava chorando.

Pronto, pensou, papai morreu. Mas não. A madrasta disse que precisava da ajuda dele. Não tinha como passar a noite com o velho, queria saber se ele podia vir naquele dia mesmo. A voz saía ofegante, Marco ouviu batidas no fundo.

— Está tudo bem, Celina?

Ela disse que sim e emendou que Abel não parava quieto,

insistia em andar mesmo com as pernas fracas, caía, gritava, era impossível ficar com ele, era impossível ficar...

Gritos. Ele teve certeza de ter ouvido gritos.

— Onde você está, Celina?

— Ele é teimoso, Marco — ela disse, como se não o tivesse escutado. — E está tomando muitos remédios... o doutor dele receita tudo o que ele pede.

Gritos ou risadas. Marco esfregou os olhos, talvez a TV estivesse ligada. A madrasta gemeu. Acelerou a fala e emendou outra história, que não estava se sentindo bem, que talvez, sim, talvez estivesse com covid, não era bom arriscar ficar perto do velho, ela precisava sair.

— Covid? — ele disse, sentado na cama desarrumada.

— Não posso ficar aqui, Marco. Tenho que sair *já*.

Mais batidas, mais risadas.

— A dona Inez já chegou?

— Não... *não*.

— A TV está ligada?

Algo caiu. A madrasta sumiu, depois voltou.

— Marco... — nervosismo mal disfarçado. — Você *tem* que vir.

Não esperava que o dia pudesse começar de forma pior. Sua cabeça calculava o tamanho da encrenca.

— E a menina que estava cuidando dele?

— A Kellen — respondeu Celina, impaciente. — Ela resolveu não vir mais. Também achei melhor.

— Entendo... — ele disse. Kellen era filha da vizinha de dona Inez, havia concordado em passar as noites com ele e cobrava pouco.

— Ele grita — disse Celina ao telefone —, derruba os móveis, fala sozinho...

— Ele está aí com você?

— Vai e volta do banheiro…

Os barulhos cessaram, a mulher tinha emudecido.

— Celina?

— Oi.

— Talvez a dona Inez conheça outra pessoa pra passar a noite com ele — prosseguiu Marco, e se arrependeu de sua falta de tato. Era desumano, era insensível pedir que uma estranha viesse sabe-se lá de onde, num trem lotado, se Celina mostrava tanta precaução com a doença. Marco prometeu que iria assim que terminasse suas aulas.

— Eu não vou mais passar a noite com ele.

Marco concordou. Teria de pedir pra adiar a reunião de diretoria, que às vezes se estendia noite adentro. Sentiu dor, sentiu-se pequeno.

Agora estão ali, no fim da tarde de uma quinta-feira, ele chegando com uma mochila, ela saindo com outra.

— Você dá notícias do hospital? — Marco diz. A madrasta parece confusa, pisca os olhos sem entender. Depois se dá conta de que disse estar com covid e responde que não vai ao hospital, não ainda. Vai esperar pelos sintomas mais fortes.

— E você não quer mesmo ficar? — ele insiste. — Eu posso dormir na sala, você fica no escritório, ninguém vai te incomodar, eu…

— Não, não — ela o corta. — Não quero arriscar. E ele…

Para a frase no meio, olha de novo o velho. Completa:

— Você pode me ligar se acontecer algo estranho.

Marco traz na mochila uma muda de roupas, espera sair na manhã seguinte, tem essa reunião crucial do departamento às nove e não pode pedir pra remarcar de novo. Ele gostaria de estar na quitinete um pouco antes para se preparar, testar a conexão; não teria como fazer ali, na casa do pai, e sem seu notebook. Quer também tomar um banho rápido, não vai se sentir bem usando o banheiro adaptado de Abel. A mochila de Celina, no entanto, não parece feita para apenas uma noite fora.

— A Inez está deixando uma sopa pronta — diz a madrasta.

— O Abel não comeu nada o dia inteiro.

A mulher tem um leve sobressalto, pisca duas vezes o olho esquerdo. Diz:

— Ele talvez tenha fome quando acordar.

Celina lhe passa recomendações curtas, ele conhece bem a casa. Há frios na geladeira, pão, os remédios estão no cesto da mesa de jantar, o telefone do pronto atendimento está colado na geladeira, assim como a lista do que ele tem de tomar. Ela diz que o sofá-cama do escritório está arrumado para ele, Marco agradece. A mulher puxa o celular do bolso e olha a tela.

— Meu carro chegou.

Ela se curva e ergue a mochila com esforço. Celina é pequena, oscila com o peso, mas recusa a ajuda de Marco. Quer sair logo dali.

O enteado a acompanha até a porta, Celina diz que não precisa esperar o elevador chegar, ele espera mesmo assim. Ela tem dificuldade de abrir a porta pesada, Marco faz menção de ir até lá ajudá-la, mas a madrasta se enfia pela brecha, a mochila entala, ela a puxa para si e a porta se fecha logo atrás. Marco espera mais um momento, ouvindo a vibração cada vez mais distante do elevador. Por fim, fecha a porta do apartamento, tira a máscara e, no silêncio da casa, sente um formigamento, a sensação de quem espiona a vida alheia. Circula pela sala, olhando os objetos com novo interesse, como se fossem seus. O formigamento, no entanto, é esmagado por outro maior e mais letal.

O peso do trabalho está sobre ele.

Os boatos agora são oficiais. Seu departamento, em função da desistência de alunos durante a pandemia, migraria integralmente para o ensino à distância.

— Ainda não sabemos se será definitivo — lhe disse Soraya, a diretora, na última reunião on-line. — Temos que ver como se mantém o retorno dos cursos e qual será a disposição dos alunos em optar pelas aulas presenciais.

— Entendo — disse Marco, sem entender.

— Mas o curso presencial vai ser mesmo suspenso no semestre seguinte, se vier essa tal de terceira onda.

— Claro — ele disse, e alargou o sorriso. Não queria que ela o visse na tela como um ressentido; não queria que ela achasse que Marco era do contra. Foi assim, de certa forma, que sobreviveu. Ao contrário de outros colegas.

— Brigar nesse momento não vai adiantar nada — ele disse aos professores, numa reunião extraoficial que os descontentes tinham marcado no Zoom no começo do mês.

— Vá à merda — disse um.

— A gente não pode deixar que façam isso com a gente — disse outro.

Na semana seguinte, ambos estavam na lista de demitidos. Perderam as classes, fundidas a outras maiores. Marco lhes desejou sorte por e-mail, os colegas não responderam. Isso o magoou, apesar de não admitir publicamente. Sempre buscou ser atencioso, compor, negociar o melhor para os demais. Se Marco comunicou a insatisfação deles a Soraya, foi para mostrar a ela que havia discordâncias; que *tinha gente* infeliz com a redução de vagas. Não havia nenhum desejo implícito de prejudicar os colegas, ele estava apenas transmitindo os fatos. Não precisava ser tratado pelos outros com violência ou silêncio.

Marco caminha com o coração abafado pelo formigamento. Ele também está estressado. Também está sobrecarregado com o excesso de aulas e com as turmas cada vez maiores. Também tem usado uns remedinhos pra dormir melhor. As coisas aconteceram rápido demais.

Nos jornais, o novo CEO do grupo de ensino falou dos benefícios da fusão. Explicou como a consolidação iria gerar mais rentabilidade, como a somatória de forças entre os diferentes sistemas de ensino levaria a um maior crescimento no próximo ano e como eles viam as futuras aquisições (positivamente). As ações subiram. Os professores, engolidos pelo processo, notaram, na primeira reestruturação (ou "aproveitamento de sinergias"), que não havia mais educadores no comando, apenas gestores. Não havia mais reuniões pedagógicas, apenas decisões do *board*. Os novos controladores costumavam oferecer salários até trinta por cento menores e começaram a contratar gente jovem, menos preparada e menos exigente. O núcleo de Marco, de humanidades, temeu pela redução de investimentos; o grupo que os comprou era forte nas áreas de medicina e direito, sem tradição ou interesse em história, letras, pedagogia, cujas mensalidades eram menores, com margens de lucro mais baixas.

Marco às vezes se pega pensando, entre uma e outra maré de angústia, por que não podia simplesmente ser um professor como nos velhos tempos. Não pediria nada de complicado: dar aulas, ter sempre a mesma grade, salário ok, vida ok, alunos interessados, projetos de pesquisa. Não queria ter essas funções administrativas que caíram em seu colo. Não queria ser chamado de *líder* pela gerente de RH, ela mesma agora *líder de gente e gestão*. Não gostaria de ser avaliado por metas de faturamento. Seus olhos opacos se fixam num dos quadros de Celina, logo acima do sofá. Como já disse Denise, sua ex-mulher, ele precisa ver o lado bom das coisas, pelo menos tem emprego na pandemia.

Observa a pintura diante de si. Se fosse o dono daquela casa, se vivesse ali sem problemas financeiros, sem preocupações, talvez doasse aqueles quadros. Não reclama abertamente deles, como faz Cláudio depois dos almoços de família, mas são, de fato, muito escuros, oprimem a claridade da sala, dão a impressão de que o apartamento é pequeno e atulhado.

Não sabe dizer se esse quadro foi pintado por Celina antes ou depois de conhecer seu pai. Se tivesse de adivinhar, diria que antes, quando sua arte era mais "livre"; essa é a expressão que a madrasta usa. Os que vieram depois, entre o fim dos anos 70 e o começo dos 80, se tornaram mais coloridos, com colagens e formas geométricas, até que ela percebeu que seria impossível conciliar a arte com a criação dos três enteados. Só voltou a pintar muitos anos mais tarde, quando eles tinham crescido e saído de casa, mas aí a situação já era bastante diferente, com quadros mais realistas, menos ambiciosos. Marco até que não acha ruim essa fase, que a própria Celina chama, pejorativamente, de fase "dona de casa". Ele gosta de identificar os desenhos na tela, assim como gosta de saber o que está comendo num prato. Há algumas pinturas dessa fase espalhadas pela casa, mas de fato chamam menos atenção: naturezas-mortas, pescadores costurando suas redes, falésias de areias brancas, ruas coloniais.

O quadro amarronzado que tem diante de si, no entanto, transmite sensações diferentes. Incômodo, talvez claustrofobia. Ele duvida que o pai alguma vez tenha gostado daquelas pinturas, e a própria Celina reconhece que são "fortes". Nunca parou para tentar decifrar o que são aqueles traços mutilados, figuras dispostas ao longo de cômodos tortos, inchadas como se estivessem inflamadas. Rabiscos nervosos, vermes, as bocas abertas ou com dentes à mostra. Maria Clara, a mulher de Cláudio, acha que são caralhos gigantes, não gosta que suas filhas fiquem ali.

Marco ergue uma sobrancelha, em dúvida. Sim, podem ser caralhos, mas não tem certeza. O pai não permitiria. Sai do transe, vai até a poltrona e pega a mochila, passa de novo pela sala de TV. O velho continua na mesma.

— Quer alguma coisa, pai?

Ele não se mexe, mas com certeza respira.

Marco vai ao corredor que leva à cozinha e aos quartos. Espia dona Inez, a velha desligou o fogão e gira a tampa da panela de pressão, tentando soltá-la.

— Fazendo uma sopinha aí? — ele diz, com metade do corpo pra dentro da cozinha.

A velha ergue os óculos grossos para ele; seus movimentos são lentos, não demonstram surpresa ao vê-lo ali. Volta a forçar a panela, encontra o ponto certo e fisga a tampa pra cima. Marco vislumbra pedaços esverdeados e ocres no caldo ralo.

— O cheirinho tá bom — ele diz, ainda sorrindo.

A mulher suspira.

— Ah, seu Marquinho. Mas seu pai não tá comendo nada. Tá muito fraco.

Ela vai até a bancada ao lado da geladeira e pega o liquidificador. O plástico opaco pelos anos de uso, a sujeira perene nas reentrâncias. Ela luta com a tampa e a abre. Enfia a concha na panela, retira pedaços gelatinosos de músculo, batata e folhas escuras, vai enchendo o copo plástico. Marco se aproxima e espia seu trabalho com o mesmo sorriso no rosto. Ele pergunta a que horas deve dar a sopa, a que horas deve pôr o pai para dormir. A empregada suspira e responde aos poucos, enquanto despeja o líquido no copo. Quando ele acordar, Marco pode perguntar se está com fome. Se não estiver, deveria tentar lhe dar pelo menos um copo d'água, ele tem ingerido pouquíssimos líquidos. Seu Abel não gosta de nada gelado, a água tem de estar na temperatura ambiente. Quanto a dormir... seu Abel dorme o dia inteiro na poltrona, é possível que passe algum tempo sem sono.

— Ele gosta de ver o jornal na tv — ela diz, e tampa o liquidificador, cheio até a boca.

— Se atualizar, né? — ele pergunta. Dona Inez aciona o

aparelho, e o caldo circula no copo, o motor grita como se estivesse sendo esmerilhado. A mulher move os lábios.

— Família de assassinos.

Marco arregala os olhos.

— O quê?

A sopa ganha uma cor uniforme de pus. A empregada desliga o aparelho e repete:

— Eu disse que ele está fraquinho.

Destampa o copo, examina sua aparência e enfia uma colher de pau, aperta aqui e ali, joga a colher na pia, tampa o liquidificador e o liga de novo.

Fala algo que ele de novo não entende.

— O quê?

Ela desliga o aparelho.

— Eu disse que o porteiro da noite teve que vir aqui nessa madrugada, seu Marquinho. Pra ajudar a dona Celina.

— Entendo.

— O seu Abel é magrinho, mas ninguém segura ele.

— Hoje eu vou ver isso. Vou falar com ele.

A empregada se vira com as sobrancelhas arqueadas e o examina de alto a baixo, parece que vai falar algo irônico ou incisivo, mas não é de seu feitio. Ela diz:

— Sua mãe chorou a manhã inteira hoje, seu Marquinho. Eu cheguei mais cedo e peguei ela assim.

Mãe. Há uma trava na palavra, algo grudado nela que a deixa estranha.

— Ela não devia estar passando bem.

Agora é a empregada que não o entende. Ele diz:

— Espero que a Celina não tenha nada.

A mulher vai falar algo, mas muda de ideia. Arqueia as sobrancelhas, põe um pouco de sopa na mão, experimenta, polvilha sal. Marco diz que vai deixar a mochila no escritório, dona

Inez diz que trocou a roupa de cama para ele; Celina tem dormido ali a semana inteira.

Ele atravessa o corredor escuro. Quando o pai foi morar com Celina, a mãe deles, Odete, a verdadeira mãe, ainda era viva. Marco tinha doze anos. Cláudio devia ter uns quinze. A vida seguiu, os irmãos estão todos bem, na medida do possível, mas ele gostaria que o processo tivesse sido um pouco mais normal, se é que dá para usar o termo "normal". Ainda se lembra dos gritos e das portas batendo. A mãe chorava na frente das crianças, dizia que o pai era um canalha e não queria mais saber deles.

— O que é canalha? — ele se lembra de Joana perguntar. A menina tinha oito anos, no máximo. Era pequena para a idade.

Hoje, pensando em retrospecto, Marco tende a crer que o pai talvez tenha usado todos os seus recursos como advogado influente para garantir que a mãe recebesse a menor pensão possível. Conhecia juízes e desembargadores, diversos amigos lhe deviam favores dos tempos de Brasília. Falta de dinheiro não seria; Marco não se lembra, em nenhum momento, de o pai ter passado por dificuldades. Teve períodos de incerteza, claro, sobretudo quando atuou no Ministério Público do governo Geisel, mas o dinheiro sempre esteve ali.

O mesmo não podia ser dito deles. Ele se lembra da mãe costurando remendos ovais nos joelhos das calças da escola para economizar. Ele lembra que comiam ovo, muito ovo, e que ela gritava e culpava Abel quando o mais velho reclamava. Viveram um longo período sem ajuda, apenas com uma moça que fazia faxina uma vez por semana no sobrado; a mãe cozinhava muito mal. Quando finalmente fazia carne, era um picadinho cheio de nervos. O irmão reclamava de novo.

— Tá uma porcaria.

— Vá então morar com o seu pai! — ela dizia, e jogava os talheres na mesa. — Vá pedir pra ele! Duvido que ele vá te aceitar!

Cláudio abria um sorriso artificial e não o tirava mais. Joana começava a chorar, a mãe dizia que não era com ela, com ela era diferente.

Era pior.

Odete misturava peças brancas e coloridas na máquina, estragou mais de uma vez uma roupa ainda boa. Não sabia passar, tinha dores nas costas.

— Fico o dia todo atrás da bagunça de vocês! — ela gritava, depois chorava ao encontrar uma cueca de Cláudio no corredor. Eles deviam ter percebido que já naquela época a mãe não andava bem.

Marco não se lembra de um sorriso dela. Não se lembra de uma palavra carinhosa, de um momento de silêncio amistoso. Quando morreu, ainda eram bastante novos.

Passa pelo banheiro à esquerda. Depois, à direita, o quarto do casal, iluminado pela janela aberta. As paredes têm uma cor mais escura, que tende ao salmão, Celina gosta dos tons fortes. Marco para um momento e vê a cômoda de madeira com cremes, loções e retratos, a cama arrumada com uma colcha florida. A mesinha de cabeceira mais próxima é do pai, com despertador, abajur e spray nasal. A de Celina, do outro lado da cama, tem um santo de madeira e um retrato de Nossa Senhora. Qualquer outra marca pessoal foi retirada de lá.

Dá mais alguns passos e entra no escritório, no fim do corredor. Vê, na parede oposta, o sofá estreito adaptado como cama, os lençóis arrumados. À esquerda da porta, a mesa de fórmica cinza, com o computador e a impressora. Uma ratoeira de fios, luzinhas verdes piscantes, papéis impressos, contas abertas e contas fechadas. Muito pó. Ele achou que não precisava trazer o notebook, agora se arrepende. Se tiver de trabalhar ali, vai ser um problema. É um quarto quente e apertado, sem ar-condicionado. Sobre uma banqueta perto da janela há um ventilador.

Diante dele, acima do sofá-cama, está o quadro do avô. Grande, emoldurado, com uma madeira revestida de dourado cheia de arabescos. Celina o pintou a partir de uma foto antiga, e o fez com visível má vontade. O bigode é grosso e artificial, a careca parece mais pontuda que nas fotos, os olhos têm um azul opaco, que não revela alma nenhuma. Marco tem uma leve lembrança da foto original, o avô usa o galardão da Academia Brasileira de Letras, ocupou a segunda cadeira dos imortais de 1934 até sua morte, em 1963. No quadro, o uniforme se transformou numa gola verde com rabiscos amarelados; o fundo é chapado, cor de creme com manchas mais escuras, tem a aparência de uma compota. Político, folclorista, advogado e museólogo, autor de três romances já esgotados sobre a formação da sociedade brasileira. Neles, Irineu Paes Lobo denuncia os vícios do mundo moderno. O mais importante se chama *A febre*, e trata de uma família tradicional carioca ameaçada pela tibieza moral de dois filhos, que cedem ao comunismo e à homossexualidade.

Cláudio para a irmã:

— Você é personagem no livro do vovô.

Irineu Paes Lobo não se ateve apenas às belas-letras: foi deputado federal, ministro das Relações Exteriores no governo Dutra, doutor honoris causa da Universidade de Coimbra, detentor da Ordem do Congresso Nacional. Na ABL, herdou a cadeira de Coelho Neto. Quando faleceu, a posição foi passada a Guimarães Rosa.

— Aquele comunista — gosta de dizer Abel. — Papai deve ter se revirado na cova.

Marco apaga a luz do escritório e volta pelo corredor, passa de novo na cozinha. Está vazia e escura. Ele ouve o som da resistência do chuveiro dos fundos, dona Inez deve estar tomando banho para ir embora. No fogão, a panela tampada. No escorredor, ao lado da pia, os utensílios lavados. O sol começa a se pôr, há um vazio na cozinha e na sala.

Ele tenta se lembrar de um momento assim, de paz e silêncio em família. Sempre foram barulhentos, alguém estava sempre brigando com alguém, mas as piores recordações são de quando viviam só eles e a mãe no sobrado da Tijuca. Odete estava desacostumada ao trabalho braçal, ininterrupto. Cláudio parecia fazer força para atrapalhar, e Joana tinha uma cadelinha, a Mandy, que era tratada como um bebê.

Odete tentou pôr a filha para trabalhar, disse que tinha de se acostumar a ser uma dona de casa. Primeiro, secar os pratos. A menina quebrou dois.

— Sua desastrada!

— Desculpe, mãe!

Mandy fazia um cocô mole que nenhum veterinário resolvia. O cheiro subia do quintal.

— Vou dar esse cachorro!

— Não, mamãe!

Sofreu com a cachorrinha, sofreu quando fugiu e nunca mais foi encontrada.

Joana acreditava nas ameaças da mãe. Odete falava de castigos, deixava a menina o dia inteiro no fio da espada, para depois perdoá-la. Pôs a filha para varrer a sala, a menina espalhava o pó de um lado para o outro. Encarregou-a de cuidar da máquina de lavar, Joana a quebrou com o excesso de roupa.

— Com que dinheiro vou arrumar isso?

— Foi sem querer, mamãe!

As duas choravam. Se Cláudio estava em casa, ele ria.

— Malucas.

— Maluca por causa de você!

E lá ia ela de novo, catando coisas no corredor.

— Não sou escrava! Pra ficar pegando roupa suja no caminho!

Cláudio a encarava com aquele seu jeito irônico e não saía do lugar. Em geral, ficava largado no sofá da sala, vendo qualquer programa na TV. A mãe bufava, gemia ao se agachar, reclamava que os filhos não faziam nada; Marco se lembra de não conseguir olhar para ela nesses momentos. Um misto de vergonha e constrangimento, um pouco de culpa. Ele se lembra de olhar para o irmão, que cravava o sorriso nele, mostrando seu poder.

Marco às vezes se pergunta se deveria ter sido mais solidário com a mãe. Se pequenas ajudas no dia a dia não teriam mudado o destino da família.

Na sala, o pai permanece imóvel na penumbra.

— Não está escuro aqui? — diz o filho, e acende todas as luzes.

Os olhinhos de Abel piscam com a claridade. Está imóvel, mas acordado. Marco fica com medo de incomodar e as apaga de novo, deixando apenas a luz sobre a mesa de jantar.

— Assim está melhor, pai?

Vai até ele, puxa um banco estofado e senta-se ao seu lado. Vê no lusco-fusco as mãos manchadas, as unhas compridas e amarelas. Está todo torto na cadeira, não é possível que se sinta confortável.

— Você não está com calor, pai? Tá quente aqui.

O velho baixa os olhos para o filho, treme os lábios grossos, faz um barulho úmido, mas não diz nada. Esse era o mesmo advogado autoritário que comandou a vida deles e depois sumiu. O mesmo homem ansioso, competitivo, afeito a gritar com a família. Agora mal consegue andar da poltrona para a mesa, as pernas são finas e desarticuladas, o corpo parece não resistir a um vento.

— Pai...

Encosta com cuidado na pele de pergaminho da mão esquerda do velho. Ouve um movimento no corredor e se vira, dona Inez está arrumada para sair, a bolsa a tiracolo.

— Deixei a sopa no fogão, é só esquentar.

— Obrigado, dona Inez.

— Tem pão de forma sem casca que ele gosta.

— Obrigado.

— Tem frios também. O senhor precisa tirar a casca do peito de peru, a dona Celina esqueceu de pedir no mercado.

Marco sorri e agradece de novo. Sempre os cuidados extremos, o medo de contrariar. Eles se sentavam à mesa redonda da cozinha no sobrado, quando ainda eram uma família, e o pai se punha num silêncio emburrado, e os olhos acompanhavam a movimentação da mulher, os gestos dos filhos. Parecia farejar dinheiro malgasto, implicava com qualquer coisa que saísse do padrão. O ar da cozinha pesava, era difícil erguer a cabeça.

— O senhor pode tentar fazer um sanduíche pra ele, com uma fatia de queijo, uma de peito de peru sem casca...

— Obrigado, dona Inez.

— O senhor corta em quadradinhos, senão ele não come.

— Entendi. Obrigado.

A mulher para, espera. Suspira.

— Ai, seu Marquinho, ele tá comendo tão pouco...

Marco dá dois tapinhas na mão de Abel e diz com carinho:

— O senhor tem que comer melhor, papai.

A velha continua ali, no mesmo lugar, apertando os dedos uns contra os outros. Seu corpo se torna indistinto na penumbra. Parece querer dizer algo, mas não se decide.

— Mais alguma coisa, dona Inez?

Ele vê o reflexo das lentes largas, não seus olhos.

— Ai, seu Marquinho...

Ela funga, move a mão na direção do rosto, ergue os óculos para esfregar as lágrimas.

— O que foi, dona Inez? — ele diz, e o sorriso congela e se quebra.

Ela funga de novo, demora a responder.

— Eu até queria ficar, viu? Mas não… não…

— Não dá, né? — ele diz, com rapidez. — Ele tá dando muito trabalho.

— Não, seu Marquinho, não é isso… — ela insiste com a voz chorosa.

— Entendo. — Marco quer apenas que ela pare de falar e vá embora.

— Eu não… não… olha, a filha da minha vizinha dormiu com ele três noites aqui…

— Pois é, dona Inez, a Celina me contou. Mas ela sozinha não deu conta, né?

— Não, quero dizer… sim… mas o que aconteceu aqui…

— O que aconteceu aqui? — ele diz, e seu tom faz dona Inez se mexer nervosa. Mas ela já foi longe demais pra parar agora.

— A dona Celina se trancou no escritório… ai, seu Marquinho, se o senhor disser pra ela que eu falei isso…

— Não vou dizer, dona Inez, pode ficar tranquila. Ela se trancou? Por quê?

A velha hesita.

— Por causa dos gritos.

Ele sente uma onda fria e lenta correr debaixo da pele.

— Que gritos, dona Inez?

A mulher suspira e aperta a bolsa. Olha o velho na poltrona, depois Marco no banco. Baixa o rosto, os dedos correm pelo zíper da bolsa, ela não sabe o que fazer com eles.

— Foi a Kellen que me contou… mas ela não é religiosa nem nada. Disse que ouviu gritos a noite inteira.

— Gritos dele?

— E também risadas, seu Marquinho. Mas não qualquer risada. Eu mesma... eu também... eu...

A mulher para e fita o chão, sempre mexendo na bolsa. Ele poderia perguntar mais. Poderiam se sentar à mesa e falar sobre isso. Mas sua pergunta seguinte encerra qualquer possibilidade de conversa.

— Poderia ter sido a TV?

Ela ergue o rosto e o encara através do reflexo dos óculos. Os dedos pararam de apertar a bolsa, de correr pelo zíper. Ela diz, um pouco assustada:

— A TV?

— Porque não era ele que estava gritando, era? — o filho insiste.

— Não. Quer dizer...

— Seriam gritos da rua?

A mulher o observa, baixa de novo a cabeça.

— É, talvez.

— Ou os galhos batendo na janela, né? Olha só o tamanho dessas copas...

A mulher concorda com a cabeça. Marco se levanta e ajeita as calças.

— Vou ficar de olho nisso.

— Sim, sr. Marco — a mulher responde. — Eu deixei meu telefone na geladeira, caso o senhor precise de algo.

— Obrigado, dona Inez. A Celina também pediu que eu ligasse pra ela.

— Ah, então está bom.

Ela olha o velho uma última vez.

— Boa noite, seu Abel.

Como ele não responde, a empregada se vira e some na escuridão da cozinha. Marco aguarda, ouve o som de chaves. Depois a porta é batida.

Ele observa o vulto do pai. Pelas janelas fechadas, o vento continua a agitar as árvores, os galhos mais altos cutucam os vidros. Muito quente, muito escuro, a noite é uma bolha prestes a estourar. Ele volta à sala e acende de novo todas as luzes, pigarreia, faz barulho ao caminhar, quer espantar a escuridão. Não gosta da ideia de que Celina tenha se trancado no escritório enquanto o pai gritava, chamava, enfim, enquanto algo ruim acontecia.

Abel está imóvel na poltrona e parece ressonar. Marco duvida que seja capaz de fazer qualquer outra coisa. Só precisa cuidar para que se hidrate, coma algo, se for possível, e tome os remédios. Celina deixou um papel pregado com ímã na geladeira, há uma lista deles que Marco irá analisar logo mais.

Pega o celular do bolso e liga para a ex-mulher. É um movimento automático, ele se arrepende no primeiro toque. Mas é que precisa falar com alguém, ele se justifica, e Denise não é da família, não mais, e conhece bem a relação entre eles. Enfim, está tocando, não adianta desistir agora. Caminha pela sala, acende a luz do corredor e da cozinha, está olhando os papéis na porta da geladeira quando ela atende.

Tem sempre o mesmo tom irritado, como se estivesse sendo interrompida no meio de algo importante.

— Oi, Denise, pode falar agora?

— Posso, rapidinho.

— Tá malhando? — ele diz e sorri, mas se arrepende. Ela não malha a essa hora, vai achar que está sendo provocada. É assim que começam a se desentender.

— Não. Tô no Uber.

— Ah.

Ele abre um armário, sem saber o que busca.

— O que você quer? — ela diz, impaciente.

A mulher se exaspera com as hesitações de Marco, sua lentidão. Ele até que tentou melhorar na época em que ainda eram casados, mas, depois que Denise cataloga as pessoas, é difícil sair de sua classificação. Ele fica chateado com isso; se esquece de como a mulher pode ser fria.

— Tudo bem aí? — ele diz, para ganhar tempo. Abre outro armário, encontra um pote transparente com canudinhos de wafer e chocolate. Pega o pote e fecha o armário, está grudento, a tampa amarela meio solta.

— Tudo, Marco — ela diz, e dá para ouvir o suspiro. — O que aconteceu?

É curioso como ela percebe essas coisas.

— Estou na casa do papai — ele diz, e abre a tampa. — Ele não tem passado bem à noite.

— Ai, que dó. Mande um abraço pra ele.

— Vou mandar, mas ele mal abre os olhos — fala Marco. — E eu vim aqui ajudar. Tinha umas reuniões no trabalho, mas cancelei.

A onda de ansiedade sobe de novo pelo peito, bate na glote. A mulher pergunta:

— Vocês levaram ele a um hospital?

— Hã? Não sei… Ele se consultou com o dr. Murtinho na semana passada, tem que fazer uns exames…

Silêncio.

— Tá tudo bem mesmo? — ela diz.

— Sim, sim… tá, sim…

Mais silêncio.

— Sua madrasta tá aí com você?

— Não, ela… — Marco ri, pega um canudinho de chocolate e morde. — Ela saiu de casa. Tô sozinho aqui. Eu e meu pai.

— Saiu de casa? Como assim, saiu de casa?

— É, ela tá com medo de ter pegado covid, achou melhor passar a noite fora, pra ver como os sintomas evoluem. Então eu vim ajudar.

— E ela vai fazer os exames?

— Não sei... não falou — Marco titubeia. — Acho que vai, claro.

A mulher detecta a mentira, Marco é transparente para ela.

— Ela foi pra um hotel?

Marco não consegue acompanhar a cadência da ex-mulher, o canudinho virou uma papa na sua boca e o atrapalha. Não é capaz de formular uma resposta adequada e diz que não sabe, acha que não.

— Pra onde ela foi, então?

— Acho que ela tem uma tia em São Cristóvão.

— Você *acha*?

— É... não... — ele engole o canudinho. — Ela tem, sim.

Denise solta uma risada irritada.

— Você não faz ideia de onde ela tá.

— Mas eu tenho o celular dela — diz Marco, e pega outro canudo.

— Você não tem nem ideia se ela tá mesmo com covid, se tá passando covid pra essa tal de tia, em vez de passar pro seu pai...

— Nossa, Denise, não precisa ser irônica.

— Ela tá se aproveitando de você, Marco, como sempre.

— Não é verdade...

— Ela quer que você e seus irmãos paguem um enfermeiro pra ficar com o seu pai. Ela já disse mais de uma vez que não consegue cuidar dele sozinho.

— Mas ela não falou nada disso agora — ele responde, com certa indignação. O canudo tem gosto de hóstia com adoçante.

— Claro que não, Marco. Ela tá forçando *você* a sugerir isso.

— Não é assim, Denise....

— E como é, então?

Ele engole. Não deveria ter ligado, a ex-mulher não entende nada da família dele.

— Não é assim como você está falando — ele diz.

— Quantas noites você vai passar aí?

— Hein? Uma…

Ela ri de novo.

— Ah, Marco, e você acreditou?

Ele põe a mão na cintura, está irritado.

— Ela sabe que eu não posso ficar aqui mais de um dia, Denise — diz, pausadamente, como se precisasse explicar algo básico. — Amanhã de manhã ela volta.

— Vocês combinaram isso?

Ele quer dizer que sim, mas não consegue. Pega outro canudo, Denise continua:

— Ela não vai voltar, Marco. Não vai voltar até você decidir contratar um enfermeiro. Vários enfermeiros, na verdade, porque eles têm que se revezar, não é uma coisa simples.

— Hum — ele diz apenas, e mastiga.

— Não precisa ficar bravo comigo, Marco.

— Não estou bravo com você — ele diz, e soa pouco convincente. Gostaria que a ex-mulher fosse um pouco mais amiga, em vez de atacá-lo dessa maneira.

— O que você pretende fazer agora? — ela diz.

— Como assim? — ele ri nervoso e pega outro canudo, mesmo com a boca cheia. — Bom… vou ficar com ele, Denise. É meu pai. Mas amanhã eu tenho um compromisso.

— E seu irmão?

Marco não queria que a conversa fosse para esse lado. É como se a ex-mulher quisesse ter certeza de que há um adulto responsável por perto.

— O que tem ele?

— Vai ficar aí também? Vai te ajudar?

— Não falei com ele, Denise.

— Ele é o dono da grana, Marco, vai ter que passar uma noite com você se você quiser convencer ele a ajudar com o enfermeiro.

— Mas ninguém falou de enfermeiro, meu Deus! — ele diz, e bate o pé no chão, esfrega os olhos. Gosta de pensar que Celina confia nele. Não confia? Confia. Ela não iria inventar uma mentira de covid nem nada. Não ia criar um artifício pra eles contratarem um enfermeiro.

— Não sei por que você me liga, se não quer minha opinião — diz a ex-mulher.

— Mas eu liguei pra te contar essas coisas, e você fica me criticando.

Denise se cala do outro lado da linha, Marco espera. Ela sussurra "é depois daquelas motos".

— Como?

— Espera um pouco — ela diz, e continua a conversar fora da linha. Ele se lembra de que Denise está num Uber e aguarda. Ele às vezes não reconhece a ex-mulher. Antes, ela ia responder na lata, dizer que não o estava criticando, ele ia retrucar, ela ia ser sarcástica, em pouco tempo estariam batendo boca. Mas ela saiu do círculo vicioso, enquanto Marco continua lá, esperando, aquecido para a briga.

— Vou ter que desligar agora, Marco — ela fala, a voz seca.

— Eu já ia desligar também — ele responde.

Denise diz que ele pode voltar a ligar, se precisar de algo, e pede para mandar um abraço ao pai. Ele agradece de má vontade, manda um beijo e desliga o aparelho. Não vai telefonar nem que o pai tenha uma parada cardíaca.

Põe o celular no bolso e enfia outro canudinho na boca. Devia ter ligado para o número de Alex, seu filho. A essa hora ele com certeza está no computador, jogando ou falando com a namorada. Talvez o filho o entendesse um pouco melhor. Podia também tentar Vanessa, mas não, Vanessa ia apenas resmungar. Tem vinte e quatro anos e ainda fala com monossílabos de adolescente tímida, não tem vida social. Alex e Vanessa moram com a mãe, o que é um problema, porque, se Denise estiver chegando em casa e pegar um dos filhos falando com ele, Marco sente que vai virar motivo de piada. Reclamando com uma, depois com os outros. Mastiga olhando o nada, por fim fecha o pote e o deixa sobre o aparador.

Ouve o barulho de uma porta sendo batida e sai para o corredor. Espia a sala, o pai não está mais na poltrona.

— Pai?

Vai até a porta do banheiro e ouve o mijo respingar na água da privada. Ele dá duas batidinhas na madeira.

— Pai? Tá tudo bem?

A urina cai na mesma cadência irregular, ínfima, porém persistente. Marco espera e espera, o banheiro fica em silêncio.

— Pai?

Força a maçaneta, está trancada, graças a Deus. Fica diante da porta como um cachorro, sem saber muito o que fazer. É estranho estar assim tão perto da intimidade do pai. No sobrado na Tijuca, as crianças eram proibidas de se aproximar do banheiro na suíte. O pai os achava uns porcos. Sempre que passava pelo corredor do sobrado, reclamava do fedor que saía do banheiro deles. Chamava-os de energúmenos. Cláudio ria, mas não na frente dele.

Se alguém ali podia ser chamado de porco, sem dúvida era o mais velho. Mijava fora da privada, muitas vezes no assento. Marco se lembra de ficar incomodado com o cheiro, o cheiro parado e ácido, porque não era possível lavar o banheiro todo dia, desinfectar. Joana tinha de conviver com aquilo, às vezes parecia que o irmão fazia de propósito, só para ela. No começo, a menina ainda reclamava.

A mãe:

— Se não está satisfeita, limpe você!

Ou, quando estava com o humor menos desgraçado, dizia à menina:

— Acho melhor você usar o banheiro dos fundos.

Ficava na área de serviço, com vassouras e baldes, a porta podre. Não havia assento no vaso nem espaço para as pernas. Também não tinha trinco e, se Cláudio soubesse que a irmã estava lá, ele descia e forçava a porta.

— Para, Cláudio!

A menina gritava, se jogava contra a porta, a calça ainda arriada.

— Por que você tá demorando tanto?

Perturbar Joana no banheiro era uma modalidade esportiva. Esperava que ela entrasse pra tomar banho, esperava o som da resistência elétrica. Quando tinha certeza de que ela estava debaixo d'água, esmurrava a porta.

— Abre, eu quero usar!

Marco se lembra. Em sua memória, ele não ri nem concorda. Talvez risse um pouco, afinal Cláudio gostava de público.

Parado diante da porta, ouve enfim o velho dar descarga, espera o som da pia, mas escuta apenas os passos arrastados, a seguir o trinco da porta. Marco se afasta rápido pra dar passagem ao pai. Seu corpo na contraluz parecem gravetos num pijama muito largo. O velho suspira e busca o interruptor, tudo com muita lentidão. Apaga a luz, se apoia na bengala e dá um passo no corredor.

— Arre! — ele diz, apoiando o peso na bengala. Os pés nas meias grossas escorregam pelos chinelos, ele se firma.

— Aqui, papai — diz Marco, e lhe estende o braço.

— Ai — geme Abel, e obedece. Dá mais um passo, assistido pela bengala e pelo filho.

O braço por baixo da manga é ossudo, cheio de arestas, dá a impressão de que vai quebrar ao toque. É como se não houvesse mais cartilagem, como se cada passo desconjuntasse o corpo. O velho geme. No meio do corredor, Marco tenta puxar assunto.

— Vou dormir aqui hoje, papai.

— Ai...

— Como nos velhos tempos.

— Ai...

Moraram por alguns anos com Abel e Celina num apartamento em Botafogo, depois da morte da mãe. Foi difícil para eles, deve ter sido difícil para a madrasta, que não esperava adotá-los. Marco saiu de casa com vinte e cinco anos, quando seu salário como professor lhe dava condições de dividir um espaço com colegas. Já Cláudio sairia só nos anos 90, e para um apartamento próprio. A primeira a partir, no entanto, foi a filha mais nova. Joana planejou a fuga em silêncio, não avisou nem mesmo a ele, Marco, com quem tinha mais afinidade. É algo que até hoje o surpreende e ainda machuca um pouco. Ele via, e de certa forma ainda vê, a convivência entre irmãos como uma partilha de experiências, um crescimento conjunto. Há brigas, claro, e muitos desentendimentos, mas isso acontece porque são próximos, se reconhecem nos atos uns dos outros. Um excesso de amor, talvez. Marco gostava de acreditar nessa cumplicidade, até se dar conta de que Joana não pensava como ele.

Cláudio também ficou incomodado. Primeiro, ele se achava no direito de saber tudo o que acontecia no apartamento; segundo, a irmã mais nova não tinha o direito de sair *antes dele*. O primogênito é uma pessoa bastante espontânea. Às vezes parece grosseiro, às vezes é de fato grosseiro, pensa Marco, mas na verdade ele age como se ainda fosse criança, como se ainda não conseguisse lidar com as contrariedades. Quando soube da notícia, chamou a irmã de escrota, de ingrata, de egoísta. Mas não era o bastante.

— E você vai morar onde?

— Não interessa — ela disse.

Cláudio havia entrado no quarto dela sem bater, a menina ouvia walkman na cama, apenas virou os olhos para ele.

— Vai morar embaixo da ponte? — o irmão insistiu.

— Não te interessa.

Ele se lançou até a cama com velocidade e arrancou o fone pelo fio, Joana gritou e se ergueu, Cláudio girou o fone no ar.

— Devolve!

— Me diz onde você vai morar.

A irmã saltou uma vez, o mais velho ficou na ponta dos pés, sorriso nos lábios.

— O papai não vai te dar um centavo se você sair.

— Não interessa! *Me dá!*

Marco não sabe exatamente como o impasse se resolveu. Foram tantos impasses como aquele, e tão parecidos, que os desenlaces se confundem na memória. A irmã tinha acabado de completar dezoito anos, isso dava a Cláudio mais de vinte e cinco. É pouco provável, portanto, que tenham trocado tapas. O mais velho talvez tenha apenas saído do quarto e jogado o fone no chão, ou o atirado na sala, no banheiro. Ficava contrariado quando não conseguia o que queria e não parava até conseguir.

Descobriu, claro. Talvez a madrasta tenha lhe contado. Entrou de novo no quarto quando Marco a ajudava a arrumar uma das malas.

— Sua vagabunda.

Disse isso com um sorriso irônico, o cotovelo apoiado na maçaneta. Joana dobrava uma camiseta, parou o que estava fazendo e baixou o rosto. Ele não estava satisfeito.

— Vai morar com um maconheiro da faculdade, né?

Esperou alguma reação da irmã, mas ela estava lá, imóvel, a cabeça baixa. Marquinho também tinha parado de ajudar e olhava o irmão de forma reprovadora. Cláudio sorriu para ele e só então saiu.

Ainda não bastava.

Ele ao pai, na sala, num jantar em que a menina não estava:

— É uma vergonha, você não devia deixar.

Celina ainda tentou corrigi-lo:

— Entendi que ela vai morar com outras pessoas, não só com esse rapaz.

Cláudio:

— Você deveria cortar tudo dela.

Era só ver o pai para constatar que a fala do mais velho fazia efeito. Abel tinha parado de mastigar, apertava os talheres a ponto de os nós dos dedos ficarem brancos. Os lábios comprimidos, ele olhava fixamente o nada.

— Ela já tem dezoito anos — falou Celina, e ergueu uma sobrancelha.

— Se está tão louca assim pra ser independente, você devia deixar — insistiu Cláudio. E depois: — Ela mal conhece esse cara.

O apartamento de Botafogo era pequeno para os cinco, Cláudio se apropriou do quarto de Joana assim que ela partiu. Juntou o que ainda era dela em dois sacos de lixo.

— Se ela quiser, vai ter que vir pegar comigo.

Não foi, nunca mais. Partiu pra morar com o "vagabundo das ciências sociais", nas palavras do mais velho. Um ano depois, conseguiu transferência para Campinas. Não queria sequer ficar na mesma cidade que a família.

— Meus filhos eu controlo com um gesto só — o pai costumava dizer aos amigos desembargadores.

Passou um ano emburrado, a filha tinha dado a volta nele, não havia mais como controlá-la.

— Ai...

Marco escora o pai no caminho para a sala, param na soleira da porta, a luz cega Abel e ele hesita antes de dar mais um passo. É tão frágil.

— Estamos quase lá, pai.

É preciso dizer que o velho tampouco foi muito gentil com ele, Marco. A família toda sofreu com sua rigidez e tradicionalismo, não era só com Joana que ele se mostrava descontente. Marco passou no vestibular e o pai o chamou para uma conversa de homem para homem:

— Então você está mesmo decidido a cursar história.

— Sim, papai.

— Você pode estudar mais um ano para entrar num curso melhor, você sabe que a gente paga.

— Eu sei, pai.

— Não precisa aceitar a primeira vaga que aparecer.

— Eu sei, papai.

— É muito bonito, história. Mas o que você vai fazer quando se formar?

— Por aqui, pai — diz Marco, guiando o velho pela sala de tv.

— Arre... — grunhe Abel, e desaba na poltrona.

Marco se endireita e o observa. O velho está arfante.

— Não quer comer alguma coisa, papai?

— Hein? — o velho pergunta com a voz triste.

— Não quer comer algo?

O velho franze os olhinhos, tenta decifrar o movimento dos lábios do filho. Claro, está sem o aparelho auditivo.

— Comer algo! — grita Marco, e faz sinal de enfiar coisas na boca.

— Um pouquinho, sim — diz o velho.

— Você quer o quê?

— Hein?

— Você quer o quê? — Marco grita. — Comer o quê?

O velho olha de novo seus lábios.

— Qualquer coisa...

— Uma sopinha? Tem sopa.

— Hein?

— Por que você está sem o aparelho auditivo?

— O quê?

— O aparelho de surdez! — grita Marco, e aponta o próprio ouvido.

O velho ergue as mãos para o céu, como se a culpa não fosse dele. Marco olha a mesa ao lado da poltrona, e o minimecanismo cor de carne está lá, entre o jornal e os controles remotos.

— Olha, não sei o que aconteceu — diz Abel. — A Celina foi mexer na bateria e não funciona mais!

Marco se inclina sobre a poltrona e pega o aparelhinho.

— Não funciona?

— Não funciona!

Ele avalia o aparelho, é uma mosca de porcelana entre seus dedos rombudos, dá medo de apertar demais e quebrar.

— Vou ver isso, papai.

— Hein?

— Vou ver isso! E a sopa!

Ainda pergunta, com gritos e gestos, se o pai quer ver algo na TV. Abel pede o canal de notícias. O filho dá a volta na poltrona, se inclina sobre a mesa e vasculha o cesto de controles.

— Qual desses é?

— Hein?

Há seis deles, cada um de uma marca e de uma geração distinta. Ele vai até o móvel, olha a marca do aparelho, da TV a cabo, do DVD, volta e examina os controles, esquece a marca da TV e volta. Descobre que há mais de um controle para a TV, há dois de DVD, há um da operadora de TV via satélite que não corresponde a nenhum equipamento, há outro da TV a cabo. Escolhe um da TV e o aperta, não funciona. Aperta o outro, idem. O velho suspira impaciente e, quando o velho suspira assim, Marco fica nervoso, é um efeito pavloviano que o pai incutiu neles. Deixa cair o controle, a tampinha se abre e uma pilha rola pelo chão.

— É só ligar! — grita o velho.

— Eu sei, papai — diz ele, se agachando.

— Cadê a Celina?

— Eu vou dormir aqui hoje, pai.

— Hein?

Ele se ergue, enfia a pilha e encaixa a tampa no lugar.

— Eu vou dormir aqui hoje.

— Você vai o quê? — grita o velho, atento aos movimentos labiais de Marco.

— Dormir. *Dormir*, papai.

— Mas cadê a Celina?

Marco tenta de novo, agora a TV liga. Devia ser mau contato da pilha. A tela fica preta, com um aviso de falta de sinal.

— A Celina não vai dormir aqui hoje.

— Hein?

— Hoje sou eu, papai! *Eu!* Como se liga essa joça?

Aperta o controle da TV a cabo. Nada. Ele vê que uma luzinha verde se acende no modem, mas a TV continua preta.

— Como se liga isso?

— Tem que mudar o canal — diz o velho, apontando para a TV.

— Como?

— Hein?

— Que canal?

— Tenta o canal 3.

Marco aperta o número 3 no controle da TV. Há um chiado horroroso, faíscas surgem na tela.

— Aí não! — grita o velho.

Marco aperta outros botões, surgem menus laterais e inferiores. Somem os menus inferiores, aparecem outros laterais.

— Aí não! — repete o velho.

— Mas como faz isso aqui...

Marco transpira, puxa os óculos de leitura do bolso da camisa.

— Tem que apertar o 3... — repete o velho.

— Eu não sei fazer isso, papai.

— Me dá aqui o controle, faz favor.

— Deixa eu ver aqui com calma.

— Me dá o controle! — grita o velho.

— Já apertei tudo... — diz Marquinho, mas obedece.

O velho praticamente o toma da sua mão. Olha os botões com a boca insatisfeita, estica o braço na direção da TV, aperta em algum local incerto e o chiado some, a TV silencia, a tela mostra o logo da TV a cabo.

— Agora é só esperar esquentar — diz o velho.

— Como? — diz Marco, pensando que o pai se refere à sopa.

— Hein?

— Como?

— Precisa esquentar a TV — diz o velho, e vira o corpo de lado para tentar vê-la, dando a entender que o filho está na frente.

— Tá certo, pai. Vou esquentar a sopinha.

O velho não responde. O filho ainda o observa, para ver se está bem, e vai à cozinha. Liga o interruptor, a iluminação é parcial e acinzentada, Abel quis economizar nas lâmpadas e deu nisso. Os azulejos têm flores amarelas, estão levemente engordurados, dão um brilho âmbar ao ambiente pequeno e atulhado, com todos os aparadores ocupados por cestos, sacos, fruteiras, toalhas, rolos, tesouras, blocos de anotação. A sopa está na panela, sobre o fogão azul de quatro bocas. Ele abre a tampa, franze o rosto ao ver o caldo alaranjado. Tomavam muita sopa quando moravam com os pais. Cláudio lhe disse uma vez que nunca mais havia tomado sopa, nem nos grandes restaurantes de Nova York, porque se lembrava demais dos caldos ralos, cheios de fiapos, que eles eram obrigados a tomar nos tempos difíceis.

— Que merda eram as sopas da dona Odete — ele dizia. Nunca a chamava de *mãe*.

Já ele, Marco, aprendeu a conviver com os caldos.

Liga o fogão, usando o botão de acendimento automático, e sorri; nem sempre essas coisas dão certo com ele. Coloca a panela sobre a chama e olha ao redor da cozinha. Sobre o aparador, encontra um saco de pão velho, uma tábua de madeira marcada de cortes antigos, a faca de serra. Pensa que umas torradinhas podem ser um bom acompanhamento. Trava uma breve luta para acender o forno, perdendo fósforos em orifícios desconhecidos, até que enfim consegue. Corta o pão em rodelas, procura manteiga na geladeira, está empedrada, estraçalha algumas fatias ao tentar passar a manteiga. Abre o forno para se certificar de que está de fato aceso. Encontra a assadeira debaixo de uma série de panelas, no armário ao lado do fogão. Distribui as rodelas, um orégano vai bem, ele acha um saquinho aberto na gaveta de temperos.

Está satisfeito ao enfiar a assadeira no forno. Sente que pode tomar conta da casa, que o pai vai comer e dormir. Pensa em ligar para Celina e dizer que está tudo certo, mas nunca sabe muito bem o que dizer a ela, então manda uma mensagem, que ela visualiza, mas não responde.

Tudo certo por aqui.

Ele ouve o som da tv e volta à sala.

— Que alto, pai — ele diz, se aproximando, mas Abel não o ouve.

Vai até ele, vê os controles ao lado da mesa, pega o da TV e abaixa um pouco. Abaixa mais um pouco. O velho não se mexe, Marco se inclina para ver como ele está.

— Pai?

Dormindo de novo.

Marco se senta na outra poltrona, de Celina, e vê um pouco de notícias. Gostaria de ficar assim, sem pensar em nada, mas nos últimos tempos as notícias só o deixam mais angustiado. A contagem de mortos da pandemia não lhe diz mais nada, ele se pergunta se o mesmo acontece com as outras pessoas. Conclui que não é bem isso, não é que os mortos não importem mais para ele; é claro que ele se importa e que se compadece a cada vida perdida. Mas é que toda a violência o deixou amortecido. *Amortecido*, pensa. Uma palavra tão próxima da morte. Ele se inclina sobre a mesa e pega os livros antigos. Solta um sorriso involuntário.

Fazia tempo que não via um livro do avô. Esse é de memórias e se chama *Vassouras de antanho*. Irineu Paes Lobo nasceu na virada do século, numa fazenda de café no vale do Paraíba. O livro tem uma cor pardacenta, as laterais foram coladas com fita transparente. Ao pé da capa, ele lê: Rio de Janeiro, 1954.

Quando o avô se mudou para a então capital federal, já vinha com bastante lastro político e intelectual. Era grande amigo de Gilberto Amado, o imortal fascista. Marco pensa nisso e dá uma risada de deboche. Os camisas-verdes, ele pensa. O Sigma. Ele pensa em Plínio Salgado, o líder franzino e inseguro, nas fotos de época as roupas parecem sempre folgadas nele. Marco sabe, e essa era uma história corrente na família, que até o golpe do Estado Novo o avô foi um firme integralista; sabe que chegou a marchar com a camisa verde e a gravata preta, há fotos dele do período. Mas não tem certeza de que o avô chegou a conspirar com os outros líderes para a morte de Getúlio Vargas. Abre o livro, esperando encontrar alguma afirmação francamente racista ou hegemônica. As páginas estão manchadas e ele franze o nariz. Passou parte da vida vasculhando documentos antigos, ao mesmo tempo em que sofre de rinite. "Ao Abel", ele lê, com um traço oblíquo da caneta no frontispício, "afetuosamente, o autor — seu pai."

O prefácio é dirigido a certo médico, que talvez tenha patrocinado a confecção da obra. *Confecção*, pensa Marco; só de pegar o livro velho, ele já começa a escolher palavras antiquadas. "Trata-se, pois, de árduo trabalho de síntese, trabalho entontecedor, feito de afogadilho, com os olhos na folhinha e as mãos em movimento sobre o montão já considerado como destroço de naufrágio, na respinga de alguns salvados, para o encaixe de século e meio de história dentro dos limites máximos em que nosso bondoso mecenas nos emparedou."

O texto tem duas páginas incompletas, mas Marco o lê com esforço. O sorrisinho, no entanto, se mantém. Pensa que vai encontrar ponderações polêmicas, mas o primeiro capítulo se propõe a descrever os aspectos físicos da cidade, "uma das mais belas do estado, por sua topografia". Passa adiante algumas páginas, começa a ver nomes, valores pagos, casamentos. Passa outras páginas e vê mais nomes, mais negociações de terras, diálogos pitorescos. Vai ao fim do livro, em busca de um sumário, encontra apenas o índice de nomes e uma árvore genealógica. A obra foi feita para que os seletos contemporâneos reconhecessem suas famílias.

Abel nunca lhes contou de sua intimidade com o pai; é como se tivesse convivido, mesmo dentro de casa, com uma figura pública. Foi o filho temporão, o último após duas irmãs e um garoto natimorto. Suas lembranças afetivas, quando ele ainda as esboça, estão ligadas às irmãs, não aos pais. Yvonne e Aparecidinha atuaram como progenitoras para ele, cuidaram de Abel depois que a mãe faleceu. Cláudio, Marquinho e Joana se acostumaram a tratá-las como avós. Não avós carinhosas, claro. Não sorriam para nada. A casa delas cheirava a suor e os copos eram inacreditavelmente sujos; um infortúnio quando as crianças tinham de visitá-las. As primas, no entanto, não eram assim tão ruins. Quatro no total, além de Irineu Neto, o jornalista. Todas mais velhas e que desempenharam um papel de tias para eles. Maria Esther, Genoveva e Ana Ruth ainda estão vivas, Marquinho sente que devia visitá-las mais. Essa parte da família teve uma convivência mais íntima com Irineu Paes Lobo, elas se lembram com carinho do avô imortal, folclorista, político etc.

— Ele adorava brincar com a gente, contar histórias — diz Maria Esther, a mais velha. — Pregava cada peça!

Genoveva conta uma brincadeira que Irineu fazia com as quatro primas. Colocou diante delas uma bacia cheia de água e chamou Ana Ruth, a mais nova.

— Venha aqui, minha filha, que na água estará refletida a imagem do seu futuro marido.

A menina se debruçava sobre a bacia, curiosa, os olhinhos brilhantes. E o velho, upa! Batia na bacia, a água atingia a menina, a menina gritava, todos riam.

— Ele tinha um carrão, chamava de "Corcel Negro" — lembra-se, saudosa, Maria Esther. — Como ele corria com aquele carro...

— Ele levava a gente pra passear por Vassouras — diz Genoveva, e sorri calorosamente com a lembrança.

Marco solta de novo um leve sorriso, como se as memórias fossem dele. Se a gente for pensar de maneira ponderada, sem radicalismos, vamos ver que havia uma série de intelectuais, assim como Irineu Paes Lobo, que flertaram com um movimento que, em sua essência, era apenas nacionalista, tradicional e católico. Talvez ingênuo, mas não de fato perigoso. Homens íntegros, humanistas. Veja o caso do chanceler e ministro San Tiago Dantas, proponente de uma esquerda moderada. Veja o caso de Miguel Reale, o grande jurista, um dos fundadores da USP. Seu filho ainda é ativo, também um jurista de excelência, além de educador e poeta. Esteve por trás do impeachment da ex-presidente Dilma, é verdade. Mas aquela mulher passou de todos os limites, pensa Marco; mesmo sendo de esquerda, a gente precisa ter bom senso.

Deixa o livro sobre a pilha, se ergue e volta à cozinha. A sopa está borbulhando nas laterais, ele pega a colher de pau e mexe. Acha que ainda está morna no centro, tem um tempo até esquentar de fato. Marco gosta de sopa quente. Olha as torradas pelo vidro engordurado do forno, tudo certo por ali também. Vai à sala de TV, vê um pouco das notícias, depois se inclina ao lado do pai e pega o aparelho auditivo. Passa para a sala maior e puxa uma cadeira na mesa de jantar, o pequeno aparelho entre os dedos. Retira do bolso da camisa os óculos de leitura, são óculos estreitos, de armação metálica. Franze a boca num sorriso nervoso enquanto manuseia as pequenas convoluções de plástico. Há um compartimento recurvo saltado para fora.

— Ah, a pilha devia ficar aqui — ele diz para si.

Marco o força para dentro, depois o puxa. O compartimento está travado, ele baixa o rosto e vê que há algo atravancando seu movimento. Não consegue enxergar, está fazendo sombra sobre o aparelho. Ele se endireita e leva o mecanismo para perto dos olhos, aproveitando a luz sobre a mesa. Inclina a cabeça para trás e pende a boca. Puxa a gavetinha o máximo que pode, com medo de quebrá-la se forçar mais.

— Olha só... a safada... — ele diz, ao reconhecer o formado achatado da bateria. É por isso que não funciona; alguém enfiou a bateria no lugar errado.

— E agora… e agora? — ele diz para si.

A empregada havia deixado a mesa posta, ele pega um garfo. As pontas são muito rombudas para a pequena concavidade entre seus dedos. Ele pega uma faca e encosta a ponta no compartimento, é uma atitude estúpida. Sorri.

— É claro que é muito grande… Marco, Marquinho… O que mais a gente tem aqui?

Vasculha a cesta de temperos e puxa o paliteiro.

Ele o sacode, três palitos caem sobre a toalha. Pega um e começa a cutucar a bateria entalada. Ela às vezes ameaça sair; em outras, volta a se embatucar no fundo. Ele quebra a ponta do palito, pega outro. Se o irmão estivesse ali, ia mandá-lo parar, ia repetir o chavão de que Marco tem a mão pesada e destrói tudo o que pega. Não é verdade, mas ele tem de reconhecer que Joana é mais hábil nessas pequenas coisas. A irmã era meticulosa, mexia muito com plantas e terra, brincava sozinha, arrumava as poucas bonecas, fazia roupas para elas. Na adolescência, era a única na casa que conseguia consertar uma tomada. Olhando em retrospecto, seria fácil dizer que faria joias, colares, essas coisas. É só uma pena que seja esquentada e não tenha muito tato com as pessoas. O irmão disse que ela é incapaz de gerir um negócio, que está fadada a falir tudo o que começar. Ele a chama de hippie de feirinha, Cláudio sempre foi bastante cruel com Joana.

Marco quebra a ponta do outro palito.

— Opa.

A ponta some na cavidade do aparelho.

— Opa.

Ele sacode o dispositivo no ar, na esperança de que a ponta apareça. Aproxima os óculos do buraquinho, curva mais a boca. Ouve um barulho, não dá atenção por um tempo.

— Opa, opa.

Sacode mais. Não acredita que enfiou o negócio ali. Pega outro palito.

Se continuar assim, não vai mais sobrar nenhum palito. Ele abre um sorriso mecânico. Vai ter que procurar algo mais fino, talvez uma agulha. Ele se pergunta onde Celina pode guardar essas coisas. Olha de relance a sala de TV, o pai está imóvel.

Há algo incomum, ele demora a notar.

O corpo percebe antes da mente e se arrepia.

— Puta merda, a sopa!

Se ergue assustado, passa pela sala e pelo corredor.

A sopa estala na panela. Cheiro de queimado.

Ele corre ao fogão, desliga a chama, há uma crosta lateral espessa na panela, o creme ferveu e transbordou pelos lados, ele o mexe com a colher, sente o fundo pegar. A seguir, abre o forno.

Uma fumacinha escura escapa pela fresta, ele tira a assadeira, as torradas estão pretas. Olha de novo o fogão, não sabe o que fazer nesse momento de luto. As torradas estão mortas, a sopa talvez tenha salvação, vamos ver.

Há um barulho líquido vindo do corredor. Ele se vira.

— Pai?

Ouve uma porta batendo e sai da cozinha, dá alguns passos pelo corredor e se detém na entrada da sala. Há um cheiro agridoce que se sobrepõe ao queimado da sopa e que Marco demora a decifrar. Está abafado, a noite é esverdeada, e o odor podre, enjoativo, se avoluma no ar parado.

Abel não está na poltrona.

— Pai?

Antes de avançar até a sala de TV ele baixa o rosto, porque um brilho nos tacos chamou sua atenção. Ergue a perna para ver no que está pisando, a sola do sapatênis está viscosa, ele abre a boca com nojo.

— O que é isso? — diz para si.

A poltrona está recoberta por uma membrana líquida, que escorre pelo vinil. Há respingos de cor ocre no chão, e os respingos, as gotas, a massa espalhada, tudo isso forma uma trilha que parte da poltrona e vai até onde Marco está. É o caminho traçado por um caramujo gigante, e o cheiro agora é discernível, ele abre a boca ainda mais, em busca de ar, solta um gemido que vem de dentro, dos vapores da ânsia. O rastro líquido passa sob seus pés e segue na escuridão do corredor até a porta fechada do banheiro.

— Pai?

Marco leva a mão à boca, vai chorar, não vai chorar, é um homem com pós-doutorado. Caminha pelas bordas do corredor, as solas deixam pegadas de merda, deixam nacos de gosma, ele bate na porta.

— Pai, você tá aí?

Que pergunta. A luz está acesa e vaza pelas laterais da porta. Como o velho não responde, ele bate com mais força.

— Pai! *Pai!*

Mexe na maçaneta, na esperança de que esteja trancada, mas não está. A porta range e se abre devagar. Marco olha e desvia o olhar, o pai está agarrado às alças metálicas nas laterais do vaso, a calça arriada está colada ao chão, Marco olha de novo e vê que ele tenta se levantar, o assento está todo sujo, as pernas são duas varetas respingadas, ele grunhe e senta de novo, grunhe e se ergue nas barras, grunhe e se senta de novo.

— Ahhhh.

O filho não sabe se o gemido é de cansaço ou alívio. Dá um passo para dentro do banheiro, o cheiro de merda e amoníaco, meu Deus, ele respira pela boca e não consegue dizer mais nada além de:

— Pai!

Dá um passo à frente e:

— Pai!

O velho ergue o rosto pra ele, parece não identificá-lo de início.

— Me dá uma ajudinha aqui, faz favor — diz o velho, e estende a mão, sentado no vaso. Os dedos estão reluzentes, em tons cáqui e verde-musgo.

Marco lhe dá a mão, seus dedos escorregam e depois se colam.

3. OS GAROTOS

Marco destranca a porta da frente e vai ao saguão do elevador, a luz automática se acende. Cruza os braços e espera. Está com os shorts de moletom que usa para dormir, chinelos e a camisa polo azul-clara que vestiria no dia seguinte. Não trouxe uma calça extra nem sapatênis, ambos estão molhados, secando na área de serviço. O porteiro avisou que o irmão estava subindo, mas o indicador luminoso do elevador não se mexe. Marco espera e espera. Ouve uma batida distante, a seguir o barulho do motor. O sinal vai do T ao 1. Vai ao 2. A luz automática do corredor se apaga e ele fica na penumbra, invisível, ouvindo o rugido do elevador que se aproxima.

O sinal vai ao 3, a janela vertical se ilumina. A porta é empurrada e range, a luz automática do corredor é acionada e lá está Cláudio. Usa um conjunto esportivo escuro e tênis de corrida, os cabelos pretos já meio grisalhos estão molhados e penteados para trás. Leva a tiracolo uma mochila da Adidas e, na mão, um cabide com calça e camisa, um saco de sapato pendente entre os dedos. Está sem máscara. Seus olhos encontram Marco pa-

63

rado no meio do corredor. Depois o rosto desce, vê a roupa improvável do irmão e ergue uma sobrancelha irônica.

— Você não faz ideia do que aconteceu aqui, Cláudio.

O mais velho o encara de novo e não diz nada. Tiveram uma conversa dura pouco mais de uma hora antes, não há espaço para cumprimentos ou amenidades.

— Onde está o seu Abel? — fala Cláudio, passando por ele e entrando no apartamento. Sempre foi incapaz de chamá-lo de papai ou pai.

— Está na cama, eu coloquei ele lá — fala Marco. Entra e fecha a porta, gira a chave. O mais velho já está na sala. Marco deixou apenas a luz acesa sobre a mesa de jantar, os sofás e a área da tv estão nas sombras.

— E não se mexeu mais? — diz Cláudio. Coloca a mochila e o cabide numa das poltronas, joga no chão o saco com os sapatos. Ajeita os cabelos para trás e olha o quadro enorme de Celina, faz uma expressão de incômodo.

— Não, não, acabei de checar...

— Está vivo? — diz o irmão. Olha ao redor e ergue uma sobrancelha. Fareja o ar, seu nariz aponta para os quartos, franze o rosto. — Que cheiro é esse?

Marco não responde, está cansado de vê-lo agir dessa forma. Já lhe contou, por telefone, o que aconteceu com o pai, não precisa contar de novo. Cláudio estava jantando com a mulher, soltou um grunhido e pediu que parasse com as descrições. Ao fundo, dava para ouvir Maria Clara. Quem é? O que aconteceu? Mas ele não pode ligar mais tarde?

Só de lembrar a cena, Marco sente as pernas bambas. A sala cagada, o corredor cagado, o banheiro cagado e lambuzado, o pai todo sujo, as roupas encharcadas de merda, puta que o pariu. Cocô nas reentrâncias da poltrona, entre os tacos da sala, na franja do tapete. Na maçaneta, nas paredes, puta que o pariu. Excrementos em todos os lugares, menos no lugar certo.

Queria gritar. A cueca cor de vinho atravancada entre os joelhos, o pinto recolhido nas carnes flácidas, pentelhos grisalhos e esparsos, marcas de merda cor mostarda. Nunca tinha visto o pai pelado.

— Levanta a perna pra eu tirar essa cueca, pai.

Agora, em retrospecto, não sabe como conseguiu. Despiu o pai, deixou-o sentado na cadeira de plástico debaixo do chuveiro. Entrou de roupa, ligou a ducha, esfregou-o. O velho parecia gostar e ergueu um braço de cada vez para o filho lavar as axilas. Soltou um gemido de prazer quando a esponja correu pelas suas costas. Marco tirou as próprias roupas, jogou-as num canto do box e ficou de cueca. Não ia ficar pelado na frente do pai, tudo tem limite. Joana passou um dia inteiro de castigo no quarto, sem comida nem água, pra aprender a não andar de calcinha no corredor. Não, o pai não gosta dessas coisas.

A cor do velho era amarela, com pintas e marcas de sangue pisado. Os ossos eram pontudos, desarticulados, como se um brinquedo frágil tivesse se quebrado dentro da embalagem da pele. Marquinho o secou, foi até o quarto, separou um conjunto de moletom azul-marinho, com aspecto mais quente que o pijama, voltou e o encontrou encolhido, de volta à cadeira no chuveiro desligado; era o único refúgio limpo do banheiro.

— Está frio! — disse o pai, tremendo.

Marco o vestiu com dificuldade. Lavou e secou seus chinelos, tirou com a unha resquícios de merda nas reentrâncias da sola. Penteou seu cabelo, falou que o velho precisava descansar. Caminharam muito devagar até o quarto, um passo depois do outro.

— Deite agora, pai — disse Marco, e guiou seus pés para o colchão. Abel obedeceu e ficou de barriga pra cima. Reclamou de novo do frio, o filho encontrou um par de meias bege e as enfiou nos pés gelados.

Cobriu-o com o edredom florido.

— Está melhor?

— Ai... ai...

Ele ainda tremia.

— Já volto, pai.

Teve então mais um inferno, só para si.

Ele se lembra da merda fria formando uma poça coagulada na poltrona. Olha pra ela agora, através da sala. Precisa se lembrar de nunca se sentar ali.

— Você não sabe como isso aqui estava — ele diz ao irmão. Cláudio vira os olhos negros na direção dele:

— Não sei se o seu forte é limpeza, Marquinho.

Marquinho. Sempre esse apelido, nunca conseguiu se livrar dele. Hoje é usado como arma. Marco gostaria de ver o irmão na situação dele. Dificilmente ia se dignar a meter a mão na massa, o mais provável é que fosse embora e deixasse o pai e a casa imundos para a próxima pessoa, ou seja, a empregada. Ainda seminu, Marco enfiou as roupas na máquina e se ajoelhou sob o tanque em busca de produtos de limpeza. Encontrou sabão em pó e amaciante. Tirou sprays e engradados, foi até a cozinha para tentar decifrar a função de cada um, mas, mesmo ali, a luz não ajudava. Descobriu seis recipientes com a mesma marca, cada um de uma cor diferente, prometendo limpar partes distintas da casa. Como ele precisava de um que lavasse *tudo*, escolheu o extraforte, de cor roxa, aroma lavanda. Pegou também um removedor e um bom e velho Pinho Sol, que ele se lembrava de ver na casa da mãe. Pegou trapos, saiu pela casa esfregando tudo, misturando os líquidos, sentindo as narinas irritadas com os vapores tóxicos. Tomou um banho longo, os músculos doloridos. Saiu da ducha e ligou para o irmão; decidira que não ia ficar ali sozinho, ninguém ia acreditar nele se contasse o que era passar a noite com o pai.

Marco e Cláudio vão até o quarto do velho e ficam na soleira, vendo-o dormir. Virou-se de lado, arrastou o edredom, seus pés estão para fora.

— Ele está faz quanto tempo assim?

— Desde que eu deixei ele aí — diz Marco.

— Viu se está respirando? — diz o mais velho.

Marco sorri sem força. Sempre solta um sorrisinho quando Cláudio faz uma piada, é um arco reflexo que adquiriu quando era criança e o admirava. Agora, não mais. Não, não mais. Fez cinquenta e oito anos, é casado, ou melhor, foi casado, constituiu família, formou um casal de filhos incríveis, tem pentelhos embaixo do saco, como dizia o professor de trigonometria no colégio. Se isso é sinal de maturidade, ele tem de sobra. Pentelhos grisalhos, compridos e lisos.

Fica ali parado na soleira, os braços cruzados, enquanto o mais velho contorna a cama e vai até onde está o pai, curva-se e encara o velho.

— Oi. Oi!

Nada.

— Acorde, seu Abel!

— Pare, Cláudio, deixe ele dormir.

O irmão ergue os olhos pra Marco, a mesma expressão de mau humor irônico. Não devia tê-lo chamado, ele não serve pra nada, é egoísta, só ajuda a si mesmo e faz os outros se sentirem inúteis. Cláudio reforça isso no olhar.

Ele se ergue e contorna a cama de volta.

— Não sei por que você me chamou.

Apaga a luz e deixa o quarto.

— Será que é seguro ele ficar aí no escuro? — diz Marco.

— Vou deixar a luz do corredor acesa, tá bom? — diz o mais

velho, de novo com a expressão zombeteira. Seguem para a cozinha e, na entrada, Cláudio olha o piso de tacos, passa o tênis sobre eles.

— Você que fez isso aqui?

— O quê? — diz o mais novo, e olha para baixo.

Cláudio passa de novo a sola do tênis, ela parece grudar, e o piso não tem mais o brilho polido, está opaco como uma casca de ferida.

— Marquinho, Marquinho, a Celina não vai gostar nada disso aqui — ele diz, e entram na cozinha.

— A culpa não é minha que os produtos não têm explicação de como usar.

— É você que não consegue ler — diz Cláudio. Acende a luz da cozinha, deixa o irmão entrar e passa logo depois. Olha a panela com sopa seca nas bordas, as torradas queimadas. Olha para Marco, que se apressa em explicar:

— Não parei um minuto.

— Sei.

— Papai dormiu o dia inteiro, não comeu nada, não bebeu nada. Aí, quando fiquei sozinho com ele...

— Você já me contou.

O mais velho abre a geladeira, se inclina e vasculha entre os potes. Tira um pacote aberto de cream-cracker, em seguida um tupperware de frios. Se abaixa mais, pega na porta um copo de requeijão. Abre a tampa e enfia o nariz na abertura rasgada do papel laminado.

— Faz quanto tempo que isso tá aqui?

— Deve ser de quando a gente era criança — diz Marco, e ri. Cláudio continua sério, coloca o copo na bancada e explora de novo. Na família, tudo era racionado, Odete reclamava que não recebia do pai dinheiro suficiente. Os meninos descobriram que o velho também era muquirana em sua própria casa, quando passaram a morar com ele e Celina. Abel vigiava a quantidade de requeijão que saía nas facas.

— Dá pra dois pães isso aí!

Ele não gostava quando sobrava comida, dizia que estavam desperdiçando. Nos dias em que havia bife, podiam comer um, com exceção de Cláudio que, sendo o mais velho, tinha direito a dois. Um bife cinzento e duro. Se havia alguma semelhança entre as casas da Tijuca e de Botafogo era a pobreza da cozinha. Deve ser por isso que Joana se tornou vegetariana, pensa Marco.

— Coma que nem gente!

O pai ficava em cima da mais nova, achava que ela não sabia se portar à mesa, tinha horror de mulheres que não se comportavam.

— Tem também bastante queijo na geladeira — diz Marco ao irmão.

De fato, há pedaços de cores e texturas variadas dentro de um pote. O irmão tira uma garrafa plástica de mate sabor pêssego e encontra mais um pequeno espaço livre no aparador. Fecha a geladeira, abre os armários. Puxa um pedaço mal embrulhado de goiabada cascão.

— Puta merda, ele ainda come as mesmas coisas de sempre.

— É verdade — diz Marco, e ri. — Você viu a sopa?

— Sopa nojenta — diz Cláudio. Abre o pote de frios e faz um rolinho de queijo e peito de peru. Marco se dá conta de que não jantou e já são… olha o relógio de ponteiro acima da porta, está parado nas seis e quarenta.

— Fiz umas torradas — ele diz —, mas elas queimaram. Quer uma?

Pega uma delas na assadeira sobre o fogão. Mastiga, sente a crocância. Não está tão ruim, apesar do leve gosto de fuligem.

— A Celina deu algum motivo pra fugir assim? — fala Cláudio, e dá uma mordida brusca no rolinho, mastiga e engole com avidez. O pai reclamava de sua voracidade, mas é verdade que os dois comem, ou comiam, de forma muito similar. Olhavam o prato dos outros, com medo de perder algo.

Cláudio faz outro rolinho e Marco tenta explicar que Celina não fugiu.

— As empregadas não quiseram mais passar a noite com ele — diz. — E a Celina ficou com medo de ter que carregar o papai, de manter muito contato com ele e transmitir a doença. Ela na verdade foi bastante cuidadosa.

Avalia se deveria comentar os gritos, mas não quer parecer ridículo. O irmão fala:

— E você acreditou.

Marco está calado, pensando no que Denise lhe disse mais cedo. Olha para o irmão, que se movimenta bruscamente, morde e faz outro rolinho, vestido nos seus trajes esportivos novos, calça e casaco combinando, o tênis de corrida deve ser de quinta geração, mas ele não tem certeza se o irmão consegue correr mais de duas quadras. No ramo dele, o exercício é sinal de status. Alguns correm maratonas em Paris, outros pedalam na Nova Zelândia. Cláudio mastiga o terceiro rolinho e diz:

— A pandemia virou desculpa pra tudo.

— Não é assim, Cláudio…

— O velho já foi vacinado.

— Mas tem pessoas que pegaram mesmo assim. Você não vê as notícias?

— Até onde eu sei, a Celina também tomou as duas doses. Ela não devia fazer todo esse escândalo.

Marco vasculha a assadeira atrás de uma torrada menos queimada.

— Às vezes é difícil falar com você.

Cláudio o encara com um meio-sorriso. Gosta de se fazer de difícil.

— Também não adianta deixar o velho dormir o dia inteiro na poltrona — ele diz. — É claro que em algum momento ele vai acordar e perder o sono.

— É...

— Tá tudo errado — diz Cláudio, e faz outro rolinho. Pega um copo no armário, enche de mate sabor pêssego, não oferece ao irmão. Morde o rolinho, mastiga, toma um gole. Franze o rosto, toma outro gole.

— Que mate horrível.

Marco pega outra torrada queimada. Fala enquanto mastiga:

— A Celina acha que ele tá viciado em remédios. É por isso que fica nesse estado de letargia.

— Por que não cortam os remédios?

Marco vai até o mesmo armário, pega um copo para si e despeja o mate. Toma um gole, sente o gosto pronunciado do adoçante. Diz:

— Não é assim tão simples...

O mais velho pensa em algo enquanto rumina. Pega um biscoito cream-cracker do pacote e o morde, continua a pensar. Marco sabe que isso normalmente é perigoso. Toma mais um gole do mate e espera, sabe o que o irmão vai dizer. O irmão diz:

— Vou tirar os remédios dele.

— Cláudio, não é assim que se cura um vício.

— Vou dar um choque de ordem — diz o mais velho, pegando outro biscoito.

Tem um sorriso ruim, parece que arquiteta essas coisas pra mostrar sua irreverência, sua crítica a qualquer coisa estabelecida, aos lugares-comuns. Depois, conta aos outros o que fez. Marco vai dizer não, vai repetir que é insensato, mas no fim vai segui-lo. E ele de fato diz: Cláudio, é perigoso, a gente não sabe o que vai acontecer, vamos ligar amanhã pro médico dele, o dr. Murtinho, vamos fazer um programa de desintoxicação, se nós dois falarmos com ele seriamente, se dissermos, papai, você vai acabar se matando, aí quem sabe ele ouve a gente.

Eles se encaram em silêncio. Cláudio abre a geladeira em busca de mais alguma coisa pra comer. Se curva e abre os potes, olha pra trás ao ouvir o telefone do irmão tocar. Marco pega o aparelho do bolso do short, olha o número, diz que é Celina.

— Depois quero falar com ela — diz Cláudio, voltando a fuçar na geladeira.

— Alô, Celina. Sim... sim... tudo bem. É... a gente teve um probleminha, eu ia te ligar...

— Probleminha — diz Cláudio, rindo. Tira o tupperware dos queijos e os observa, desconfiado.

— É, pois é... ele está com o intestino meio solto... é, fez uma baguncinha, mas faz parte.

— Nojento — diz Cláudio. Marco não sabe se ele se refere à diarreia ou aos queijos.

Celina parece preocupada, como se estivesse arrependida de ter abandonado o marido. Pergunta se foi muito, Marco diz que sim. Ela diz que há um remédio pra isso, que Abel deve tomar nas crises. Está na lista que deixei pra você, ela diz, e Marco agradece.

— Ele costuma ter isso muito? — Marco pergunta.

A madrasta hesita, diz que não é frequente. Ele quer perguntar dos gritos, se há gritos à noite, se há dor, mas Cláudio está grudado nele, com a mão estendida.

— Me dá aqui o celular.

Celina pergunta se o velho está calmo, Marco diz que sim.

— Me dá o celular.

A madrasta quer saber se Abel chamou por ela. Cláudio é insistente, está quase puxando o aparelho.

— Celina, o Cláudio está aqui comigo.

A mulher fica muda. Marco complementa:

— Ele achou melhor vir me ajudar — e olha o irmão, que balança negativamente a cabeça.

— Ai, Marco, está mesmo tudo bem? — diz a madrasta, aflita. Sua voz treme, Marquinho sente o coração apertado. Ela está sofrendo, dá pra ver. Ao mesmo tempo, se lembra de Denise, e do que Denise lhe disse sobre os planos da madrasta. Está confuso, então sorri.

— Não, está tudo bem, sim — ele reforça —, mas mesmo assim ele quis vir.

— Me dá aqui o telefone, seu mentiroso escroto — diz Cláudio.

— Olha, Celina, o Cláudio quer ter uma palavrinha com você...

Passa o aparelho e fica tão angustiado que sai da cozinha. Se arrepende ao ouvir a voz potente do irmão.

— Olá, Celina, tudo bem por aí?

Ele volta à cozinha, se apoia na soleira e olha o irmão. Cláudio está com um sorriso amplo, balança a cabeça, concorda e diz:

— Mas o que aconteceu, exatamente?

Fecha o sorriso, continua a balançar a cabeça.

— Sei, sei... — diz, e olha Marco de forma incisiva. Franze o lábio superior, o canino brilha na luz deficiente da cozinha. — Sei...

— Não pressiona, Cláudio — diz o mais novo.

— Sei, claro... claro, claro... escuta, onde ele guarda os remédios?

Marco leva a mão à testa, o irmão ri pra ele e continua a escutar. Balança a cabeça, olha o teto, faz sinal de que a lenga-lenga vai longe. Interrompe a mulher:

— Não, não esses. Os que ele usa pra dormir... os calmantes... isso, os ansiolíticos...

Imita, com os dedos, uma boca que não para de falar. Marco sabe como a madrasta fica na defensiva com o mais velho.

— Não, claro que não... é só pra gente saber, caso ele precise de alguma coisa... os do coração estão... tá, estão na sala... deixa eu ver se a lista está aqui, espera um pouco... — ele diz, e olha os papéis presos na lateral da geladeira.

— Sim, está aqui — ele diz, e comprime os olhos para decifrar a letra da madrasta. — Coração, pressão... diabetes... caramba, quanta coisa, hein, Celina? Dá pra abrir uma loja — ele ri. Marco não gosta daquele sorriso. — Tá, esses ele toma depois da refeição... é, tá escrito aqui... mas olha, onde estão os outros?

Ergue de novo os olhos, depois volta a ficar sério e encara o irmão. Aguarda, balança a cabeça e diz:

— Um nécessaire... de companhia aérea... tá, bom saber... claro... a gaveta de cuecas... sim, claro, é só caso ele precise e não encontre. Claro, claro, pode deixar...

Ele concorda e olha o irmão, faz o sinal de joia.

— É, acho que vou dormir aqui hoje, o Marquinho ficou meio assustado e pediu minha ajuda... é...

— Não fiquei assustado — diz Marco.

— Claro, tá tudo bem, eu quis vir, sim... sim, a gente avisa se tiver qualquer problema, pode deixar. Sim, sim... olha, vou passar pra ele. Tá, tá, um beijo, fique bem...

Entrega de volta o celular e faz uma careta de quem não aguentava mais.

— Oi, Celina.

— Ai, Marquinho, o que está acontecendo?

— Nada — ele diz, e ri sem graça. — Está tudo sob controle, Celina.

Olha o irmão, ele não está mais ali, acabou de sumir no corredor. Marco sabe aonde vai.

— Olha, Celina, preciso desligar...

— Mas o Abel... vocês estão deixando de me contar alguma coisa?

A madrasta parece realmente aflita, ele responde que não, não esconderam nada, está tudo bem. Ela quer que ele mande notícias, sim, sim, ele vai avisar, diz, e avança pelo corredor atrás do irmão. Cláudio entrou no quarto do pai e acendeu a luz. Porra, vai acordá-lo.

— Está tudo bem, não se preocupe... — Marco diz de novo no telefone. Ela quer que ele prometa, prometa que vai ligar. Ele diz que sim. Ela suspira, parece prestes a chorar, Marquinho nunca a viu assim.

— Isso... tá, tá, boa noite, boa noite...

Entra no quarto e desliga o celular, Cláudio está abrindo todas as gavetas da cômoda, o velho se virou de barriga e ronca suavemente com a boca aberta.

— A-há! — diz Cláudio, puxando um estojinho azul desbotado.

— Shhhh, você vai acordar ele.

Cláudio olha para a cama. Grita:

— Seu Abel? *Seu Abel!*

O velho estala os lábios e vira de lado.

— Esse não acorda mais — diz Cláudio, e se volta de novo pra cama. — Vou pegar seus remédios, viu, seu Abel? Pra você melhorar mais rápido.

Ele abre o zíper do estojo e tira as cartelas, lê o que está escrito em cada uma delas.

— Pelo amor de Deus — diz Marco —, veja se não tem nada aí pro coração...

— Confie em mim — ele diz, com a gravidade de um médico.

Fecha o nécessaire e sai do quarto com ele. Apaga a luz e segue pelo corredor.

— O que você vai fazer com isso? — diz o mais novo, indo logo atrás, até a sala.

O irmão vai até o aparador da mesa de jantar. Há descansos para pratos, uma bandeja com duas garrafas de Porto, abertas muitos anos antes, um licor de café e cinco cálices diminutos, marchetados. Puxa uma das gavetas compridas, está totalmente preenchida com guardanapos bordados, toalhas e jogos americanos. Como o nécessaire não cabe ali, ele arranca uma toalha, alguns guardanapos caem no chão, tira as cartelas do nécessaire e as enfia entre os vãos. Bate a gaveta de volta, aprecia o próprio trabalho.

— Pronto, resolvido — diz.

— Cláudio, isso não tem graça.

— Ninguém aqui está rindo — ele diz, e olha ao redor, como se procurasse algo. A brincadeira, pelo jeito, não terminou para ele.

Sempre foi assim. Começava de leve, mas não sabia parar; não dava nunca pra saber quando se tornava violento. Na pré-adolescência, foi partidário do contato físico e da subjugação pela força. Gostava de fazer luta livre no pequeno quintal de ladrilhos dos fundos da casa, quando a mãe ainda era viva. Molhava o piso com a mangueira e espalhava sabão em pó. Fingia que aquilo era um ringue, e Marco, o adversário russo. Os dois se abraçavam e se batiam de cueca, se roçavam, se sufocavam, e Cláudio terminava invariavelmente por cima, se esfregando sobre ele. Forçava a submissão e nem sempre o soltava.

— Para, Cláudio! Para, *para*!

Certa vez, Marco tentou escapar do mata-leão e perdeu o apoio, as pernas deslizaram e flutuaram, ele caiu de cabeça nos ladrilhos irregulares. Sua lembrança é do baque seco e de ficar tudo claro, depois escuro. Um zunido. Acordou com os gritos de-

76

sesperados da irmã e Cláudio ajoelhado ao seu lado, a boca enrugada de preocupação.

Sangue misturado a água e espuma, escorrendo pelos ladrilhos.

Odete veio correndo, escoltada por Joana.

— Vai matar seu irmão! Vândalo!

E depois:

— Usando meu sabão em pó ainda por cima!

Nesse dia, desceu a mão no mais velho. Ele se encolheu, a mãe acertou tapas nas costas, nos ombros, na cabeça.

— Marginal!

Ele se protegia e ria. Hoje Marco acha que ele forçava o riso pra não chorar na frente dos outros, mas na época parecia provocação.

Marco tomou catorze pontos na cabeça, se apalpar o couro cabeludo ainda dá pra sentir a protuberância. Já Cláudio, depois disso, ficou pior. Aprendeu que a maior punição que poderia receber da mãe eram tapas desconjuntados.

O mais velho circula pela sala com o nécessaire vazio na mão, abre o armário da entrada e encontra um pote de balas de hortelã.

— Nossa, o velho ainda chupa essas coisas — ele diz, e pega um punhado.

— O que você vai fazer? — diz Marco, preocupado.

— Vai ser um ótimo calmante pra ele.

Marco o vê enfiar as balas no estojinho e fechar o zíper.

— A troco de quê, Cláudio?

Ele passa em direção aos quartos, para um momento na soleira e se vira para Marco.

— Assim o velho fica sabendo que a gente mexeu, entende? E não fica que nem louco procurando.

— Cláudio...

— O quê? Aí ele vai falar com a gente, só isso — diz, e some na escuridão.

Marco suspira, não quer tomar parte nisso. Vai à sala de TV e senta na poltrona de Celina, pensa em ver o fim do noticiário. Nossa, são onze da noite, ele não tinha noção de que já fosse tão tarde. Sente-se desencorajado com a quantidade de controles na cesta, seu celular vibra, ele o pega no bolso. É uma mensagem de Joana.

A *Celina me falou do papai. Como ele está?*

Ele digita de volta que o pai está dormindo. Escreve que Cláudio apareceu pra dar uma força. A irmã fica em silêncio. Começa a digitar e para. Começa e para. Ele vê a movimentação, a hesitação, a reescrita. Cláudio volta do corredor.

— Você vai dormir onde? — ele diz. Marco o olha sem entender, demora a se dar conta de que o mais velho acabou de tomar o escritório para si.

— Eu... eu fico no sofá da sala, não tem problema — diz Marco. Como respondeu muito rápido, o mais velho observa a sala, desconfiado de que fez um mau negócio, e vai até o sofá. Enquanto Marco espera uma resposta da irmã, o mais velho apalpa o sofá, senta no meio, observa os arredores. Ao fundo, pelas janelas, as copas chacoalham de novo, os galhos batem nos vidros, como se quisessem entrar. O vento criou uma tampa de pressão sobre a cidade, está abafado, deve chover a qualquer momento.

— Pensando melhor, acho que posso ficar com a sala — diz Cláudio. — No escritório não tem ar-condicionado.

— Faça como quiser — diz Marco, e seu celular finalmente vibra com a mensagem:

Espero que você saiba o que está fazendo.

Ele observa a mensagem, pensa numa resposta, olha a TV negra. Um leve odor de desinfetante sobe do piso grudento.

Pode deixar, ele escreve e depois se arrepende. É uma mensagem vazia, assim como todas as que manda para Joana. Quando ela apanhava do mais velho, Marco lhe dizia que tudo ia passar. Quando o pai era injusto com ela e gritava na frente de todo mundo, ele lhe lançava apenas um olhar piedoso. Quando perdeu a mãe ainda nova, ele achou que a melhor forma seria tocar o dia a dia, como se nada tivesse acontecido. Tampouco se preocupou em saber o que ela sentia no período em que a mãe foi substituída oficialmente por Celina, e Celina não lhe dava a devida atenção. Quando Joana enfim saiu de casa e foi ofendida, humilhada, obliterada das discussões familiares, ele nunca a defendeu nem a procurou. Quem buscava notícias dela era Cláudio, o irmão perpetuamente vingativo, e Marco nunca fez nada para impedi-lo.

O mais velho contava ao pai no jantar o que tinha descoberto da irmã. Que ela morava num dormitório estudantil com cinco homens; que trancara a faculdade para trabalhar; que vendia joias na rua; que começara a morar com uma garota.

— Deve ser uma colega de faculdade — falou Celina, tentando amainar a conversa. Mas Cláudio não estava nunca satisfeito.

— Não, Celina, é a mulher dela. Elas têm até um cachorro.

Continuava a falar da irmã sempre que tinha um tempo com o pai. O velho registrava, mas não respondia.

Abel naquela época tinha um escritório de advocacia e costumava voltar tarde para casa. Muitas vezes fazia visitas nos fins de semana, visitas a clientes que um de seus associados, o Rogerinho, arrumava. Os tais clientes eram comerciantes locais, políticos ou ex-policiais que se expandiam pela Barra da Tijuca e pelo Recreio adquirindo terrenos. Pagavam bem, desde que as soluções fossem ligeiras e não gerassem dor de cabeça. Abel tinha muitos contatos no governo estadual e no Ministério Público, fruto da época em que trabalhara em Brasília, e era peça-chave nesse processo de regularização. As negociações in loco às vezes podiam se tornar violentas, mas a violência nunca chegava até ele.

Cláudio encontrou a foto de Rogerinho nas páginas policiais, suspeito de estar associado a crimes em Campo Grande. O pai para ele:

— Não trabalha comigo.

Certa vez, levou os meninos para conhecer os clientes. Era uma manhã de domingo, o estande de tiro da Polícia Civil estava aberto só para eles. Um certo dr. Olavinho os apresentou a outros homens de cujo nome ele não se recorda. Ele se lembra, no entanto, de um deles usar uma doze de repetição. Ele se lembra do dr. Olavinho testando uma Uzi contra os alvos de papel.

— Puro Scarface — dizia Cláudio, em êxtase.

Os meninos atiraram. Havia um velho barrigudo, de terno e carranca, que apenas conversava de canto, conversava e observava. Abel os apresentou também. Qual era seu nome? Dr. Moisés, dr. Davi, um nome bíblico. Dr. Olavinho pôs Cláudio para atirar, um dos homens corrigiu sua postura, outro o ensinou como manter a pistola firme entre as mãos. Disseram que tinha jeito pra coisa, Cláudio ficou com os olhos úmidos. Pediu pra usar a Uzi, o velho foi obrigado a intervir, pôs o filho de lado, disse que não era necessário.

— Não, não, dr. Olavinho, está tudo bem.

Depois disso, o velho se tornou mais discreto. Seus casos também mudaram, focando disputas societárias, e o escritório deixou de trabalhar com Rogerinho no início dos anos 90.

Marco se encontrou poucas vezes com Joana nesse período. Pra falar a verdade, a irmã o procurava mais que ele. Queria saber notícias, perguntava de Celina, perguntava da faculdade, queria saber como andava seu noivado.

Sim, estava noivo. *Esteve* noivo. É engraçado pensar nisso. É engraçado a ponto de paralisar o rosto e secar a garganta. É como se abrissem bem sua boca e despejassem um pote de talco dentro dela. É engraçado nesse nível, pensa Marquinho, e é difícil pensar nisso ainda hoje. Assim como não gosta de falar da filha, não gosta de falar do noivado. Se for pensar bem, ele reflete, sua relação com as mulheres nunca foi lá aquela maravilha.

Cláudio some no corredor em direção aos quartos e o deixa sozinho na sala. O vento bate, os galhos cutucam a janela e o chamam. Querem que ele continue. Brincam de psicanalista, querem que ele conte em detalhes seu fracasso com as mulheres.

Querem que eu conte? Eu conto. Fiquei noivo de uma colega da faculdade, é isso. Não há nada de novo aí. Ficamos noivos no segundo ano, ela se chamava Isabel, tinha o cabelo louro, de um amarelo meio aguado, os olhos opacos, entre o azul e o cinza, lábios finos. A família era de Santa Catarina, fiz duas viagens pra conhecer os pais, uma delas de carro, tinha ocorrido um acidente na estrada, e levamos dois dias inteiros pra chegar. Essas memórias são suficientes? Cláudio não gostava dela, mas quem se importa com a opinião de Cláudio?

Conte.

Sim, é verdade que eu pensei que ia viver a vida inteira com ela, com aquela pessoa. No fim da faculdade, o noivado era um processo sólido. Meu irmão não podia ver a gente juntos e já armava aquela risadinha. Sim, é verdade. Três anos de noivado podem parecer engraçados, mas não pra mim. Achei que ia me formar e morar com ela, nunca pensei que me mudaria com outros colegas, outros caras. Sim, a gente terminou no último ano e sim, é verdade, ela se casou com outro sujeito três meses depois.

— Corno.

Joana ligou pra ele uma, duas, três vezes, até conseguir que atendesse. Quis saber se ele precisava de ajuda; se precisava de alguém com quem conversar.

— Está tudo bem.

Não estava. Sentia um espeto de churrasco perfurando o peito, tinha falta de ar. Faltou à formatura, tinha crises de tontura e suor, meu Deus, como suava. À noite, o corpo todo tremia. Celina dizia que ele ia encontrar alguém melhor.

— Você é bonito, inteligente... tem a vida inteira pela frente. *Conte.*

Abel se constrangia com a apatia do filho. Ia da mesa de jantar para a TV, da TV para o quarto, só falava com ele sobre questões práticas. Joana ligou de novo. Ligou em seu aniversário. Deixou um presente na porta de casa, uma caixinha que ela mesma tinha feito e que Marco perdeu na mudança.

— Está tudo bem.

Conte mais. Conte da filha.

Chega.

Marco busca aflito o controle da TV, precisa de um ruído que abafe o que vem de dentro, mas o que vem de dentro faz um barulho de moedor de lixo, é muito alto, mais alto que os galhos lá fora. Não vai falar da filha. Não vai.

Encontra o controle certo, graças a Deus. O logo da operadora a cabo aparece na tela, com um pedido pra que aguarde. A TV precisa "esquentar", como disse o pai. O garoto obedece e aguarda em silêncio, e no silêncio os pensamentos entram em metástase.

Vanessa tinha doze anos quando começou a se cortar. Marco demorou a entender, se negou a entender, quando a faxineira lhe mostrou os lençóis com sangue.

— Ai, ai — geme ele, o controle remoto ainda na mão, rezando pra que a TV ligue logo.

— Você disse alguma coisa? — fala o irmão, parado ao lado do pilar que divide as salas.

— Eu? Não, não! — responde Marquinho, e sente um tremor.

Ele se dá conta de que o primogênito voltou do corredor com lençóis embolados e um travesseiro. São provavelmente os que dona Inez reservou pra ele, Marco. Ergue os olhos e vê a ponta de sorriso do irmão, que parece ter prazer em fazer isso, como se vivessem de novo sob o mesmo teto. Cláudio diz:

— Está com gases? Fica aí fazendo uns barulhos.

— Não, nada — fala Marquinho, e os lençóis embolados nos braços do irmão remetem à carranca incrédula da faxineira diante dele.

Fale algo, ela parecia dizer.

Está tudo bem.

A tela se ilumina com imagens berrantes e tira Marco do transe. Ele se confunde com o controle, aperta os botões em busca do canal de notícias. Seu celular vibra de novo. É a irmã, perguntando se ele quer que ela passe lá de manhã, pra ver como estão as coisas.

Não precisa, ele digita. *Está tudo bem.*

Na sala, Cláudio estende o lençol de qualquer jeito sobre o sofá. Grita:

— A gente não vai comer nada?

Marco suspira, olha o noticiário.

— Quer comer o quê? — grita de volta.

— Qualquer coisa — responde o irmão. — Menos a sopa.

Suspira de novo. A verdade é que também está com fome. Pensa em desligar o aparelho, aponta o controle, mas, antes de apertar qualquer botão, a tv estala e fica escura. Ele observa a tela apagada. Aperta enfim o botão, mas nada acontece.

— Por que você desligou? — grita Cláudio.

— Ela desligou sozinha — fala Marco.

Silêncio. Aperta de novo os botões, experimenta mudar de controle, nada.

— Mas eu nem mexi... — ele diz.

— Você é muito estabanado, mesmo.

Marco se ergue, vai até a TV e o modem, está tudo apagado. Encosta a mão no tampo do modem e as luzinhas verdes piscam. Está reiniciando. O irmão grita:

— Você desligou o wi-fi também?

— Tá voltando — diz Marco. Desencosta a mão e as luzinhas somem. Encosta, espera um pouco, as luzinhas voltam.

— Que estranho — ele diz. Desencosta e dessa vez as luzinhas permanecem ali. É um equilíbrio frágil, que ele não compreende, mas respeita. Dá um passo pra trás, depois dois. Como o modem continua a reiniciar, ele decide ir até a cozinha.

Passa o corredor, liga o interruptor, a luz não acende. Ele tenta de novo e dessa vez as lâmpadas funcionam, mas parecem ainda mais fracas que o normal e oscilam. Fazem barulho de resistência, brilham mais, depois emitem um tom âmbar. A geladeira estala, range e para. Estala, range e para. Marco abre a porta, tudo parece normal, ou quase. A luz interna não está funcionando.

— Estranho...

Marco não consegue enxergar o que há nas prateleiras, pensa que vai ser difícil cozinhar assim. Se ajoelha e puxa da gaveta inferior um saco de alface, tira cenouras. Não está acostumado a lidar com legumes em estado natural, não sabe muito bem o que fazer com eles. Pega uma abobrinha, batatas. Há ovos. Dá pra fazer uma omelete. Tira a caixa de ovos e a equilibra na bancada, ao lado do recipiente roxo de limpeza extraforte, aroma lavanda, que ele esqueceu de guardar. Faz uma anotação mental pra resolver isso mais tarde. Se curva de novo e vê o que há nas prateleiras intermediárias. Ah, uma lata de tônica. Ele a tira também. Procura os frios e os queijos, o irmão os deixou do lado de fora, não se preocupou em guardá-los de volta. Tem alguma coisa faltando, além das luzes que não acendem. Marco fica um momento ali, a cabeça quase enfiada na geladeira. Ela continua a gemer e a estalar, ou seja, está ligada. Ao mesmo tempo, não parece tão fria, nem emite aquele ronco tranquilizador. Ele se endireita, fecha a porta e abre a porta superior, do freezer. Não sente a brisa gelada no rosto, apenas um silêncio úmido.

— Não tá gelando? — diz para si mesmo.

Abre de novo a porta principal e busca a regulagem, ajusta para o máximo e fecha a porta mais uma vez. A geladeira geme e estala. Silencia, geme e estala.

— Você sabe se o ar da sala está funcionando? — pergunta Cláudio, na soleira da cozinha.

— Não está? — diz Marco, olhando pra ele.

— Não. Não liga.

— Estranho.

Abre os armários, encontra pacotes de macarrão e uma lata de tomates pelados.

— Vai querer omelete ou macarrão?

— Não tem outra opção?

— Você não jantou antes de sair de casa, não? — pergunta Marco.

— Jantei, mas é quase meia-noite e bateu uma fominha.

Cláudio olha a bancada atulhada, abre aquele sorriso irônico.

— O que você vai fazer com a alface?

Marco olha o saco úmido sobre a bancada. Diz:

— Vou misturar com a cenoura e a batata.

— Acho que vou ficar com o macarrão — ele diz.

Marco se abaixa e procura as panelas nos armários. A luz oscila de novo.

— A cozinha não está meio escura, não? — diz Cláudio, olhando pra cima.

— Está. E a geladeira está estranha.

— Estranha como?

Eles param e ouvem. Ela estala e silencia. Estala, geme e silencia. O micro-ondas apita. Ambos olham ao mesmo tempo. O visor apaga, depois volta. Apaga, depois volta. Emite um sinal sonoro. A geladeira estala e silencia, a luz da cozinha apaga e volta fraca, solta um barulho de fritura, fica muito brilhante e volta ao normal. O micro-ondas apita.

— Estranho — diz Cláudio.

Marco enche a panela com água do filtro, é difícil se concentrar com tantos gemidos e oscilações. O irmão, pra não precisar ajudar, diz que vai abrir as janelas, a casa está com um cheirinho persistente de merda.

— Vai ser difícil dormir assim — ele diz, como se a culpa fosse de Marco, e some para a sala.

Ele põe a panela no fogão, gira o botão, ouve o gás sair, mas não há o estalo elétrico. Tenta de novo e nada. O chiado do gás continua, Marco sente o cheiro. Parece que a casa está se rebelando, ele pensa, mas contra quem? Procura a caixa de fósforos e a encontra na gaveta de temperos. Consegue acender a chama e se sente orgulhoso.

O micro-ondas apita, a cozinha está atenta a cada movimento deles.

Marco limpa a tampa do molho de tomate com um pedaço de papel-toalha, é o local mais sujo dos enlatados, até cocô de rato se acumula ali. Era o que a mãe falava, e ele guardou para si.

A lata tem abertura manual, é só puxar a alça para cima.

Outra coisa que guardou: a mãe falava para ele lavar primeiro o cabelo, porque a sujeira descia então para o corpo.

Ele se lembra. Sempre que pega o xampu, se lembra da

mãe. É engraçado, Marco não consegue recordar nenhum outro ensinamento de Odete. E poucos outros momentos em que ela não estava gritando ou desesperada.

— Ai!

Sente a fisgada e puxa a mão, a tampa corta como uma navalha, um fio vermelho brota no indicador e escorre até a base da mão. Marco pega o papel que usou pra limpar a lata e o passa no dedo. A pele se limpa, e no instante seguinte o sangue volta a descer. Faz isso de novo, há muito sangue.

— Caramba — ele diz assustado.

Enrola o dedo com o papel-toalha e sai da cozinha, passa pela sala, vê Cláudio em pé na frente da TV, tentando ligar o aparelho.

— O que você aprontou aqui? Não liga nem a pau — ele diz. Marco não responde, vira à direita, atravessa a sala e segue para o lavabo. Sua testa está pontilhada de suor, tem medo de ser obrigado a ir ao pronto-socorro dar uns pontos. Cláudio não vai perdoá-lo. Mas não há de ser nada. Não há, não há, não há de ser nada. É uma loucura, meu Deus, parar no hospital no meio da pandemia. Acende a luz do pequeno banheiro e se tranca, abre a torneira e põe o dedo debaixo da água. Vai lavar bem o corte, depois irá descobrir onde Celina guarda o kit de primeiros socorros.

Ele lava e lava, o corte continua a sangrar. Com a esquerda, tenta alcançar o porta-sabonete líquido, que está à direita. Seus dedos grudam no pote de cerâmica branca, pressionam desajeitados o botão metálico, os dedos escorregam, o pote cai dentro da pia. A ponta metálica bate de bico na porcelana e deixa uma trinca na superfície uniforme.

— Ai, caramba.

Parece que a própria ponta quebrou no impacto, mas não é nada que dê para ver a olho nu. Ainda com a esquerda, ele pega o porta-sabonete e o coloca de volta na mesma posição. Olhando assim, dá para ver que a ponta metálica ficou irregular, talvez um pouco menor. A pontinha deve ter escorrido pelo ralo, ele pensa, e vê a marca escura da fissura na pia.

— Puta merda.

Volta a pressionar o botão do porta-sabonete com a esquerda, o pote está escorregadio, ameaça cair, Marco o segura pelo bico, o pote gira, e o bico quebrado faz um movimento de rosca nos seus dedos, Marco grita e abre a mão, o pote cai de novo na pia, ele o agarra por puro reflexo pelo cano metálico, o bico cortante se crava à palma, ele grita e lança o porta-sabonete para cima, sente a lâmina correr pela pele, tenta conter a queda com a direita, o pote se espatifa sobre a torneira ao mesmo tempo em que ele o alcança com a mão. Os cacos rasgam a pele, seu reflexo lerdo faz a esquerda descer na mesma direção e ele sente uma fisgada, a cerâmica afiada corta a tampa do dedinho.

— Ai. *Ai!*

Ele se joga pra trás e cai sentado na privada, olha as mãos, o sangue brota de diversos pontos, escorre pelo punho e pinga na camisa.

O irmão bate na porta.

— O que tá acontecendo aí? — diz Cláudio, e força a maçaneta.

— Hã? — ele diz. O sangue salta e se espalha, faz desenhos na pele, é um show de águas dançantes. Ele puxa o rolo de papel higiênico, começa a enlaçar a mão direita, o papel é fino e se desfaz. O pai sempre economizou nos gastos de casa, Celina também é pão-dura, ele não podia esperar algo melhor.

— Marco!

— Já estou saindo! — grita o menino, a voz esganiçada.

— Abre logo! O seu Abel tá gritando, acho melhor você ir ver.

— Já vou, já vou!

Enrola mais papel, o papel se rasga, as manchas vermelhas

se expandem, os fragmentos de papel escorrem pelas mãos, grudam na camisa, nos shorts do pijama. Ele precisa de algo mais resistente e olha a pia, os cacos espalhados na bancada parecem ansiosos para cortá-lo. Marco se ergue da privada, esfrega as mãos para tirar os fiapos de papel e pega a toalha de rosto branca. Cláudio bate na porta.

— O que você está fazendo aí?

— Já vou!

Marco dá a descarga, é um movimento sem sentido, mas seus reflexos, seus admiráveis reflexos, lhe dizem que deveria simular uma ação mais corriqueira no banheiro. Aperta a toalha com as mãos e destranca a porta, pra não sujar a maçaneta.

— Você não me ouviu chamar? — diz Cláudio, e baixa os olhos para as mãos de Marco na toalha. — O que você estava fazendo?

— Nada — diz ele. — Cadê o papai?

Cláudio continua a olhar as mãos do irmão, desconfiado, mas então vem o grito, e eles saem apressados pela sala.

— Celiiiiiina!

Ganham o corredor, a luz do quarto está acesa.

— Celiiiiiina! Ineeeeez! Celiiiiiina!

Abel está em pé, apoiado nas gavetas abertas da cômoda, a bengala equilibrada na extremidade do móvel. A luz do quarto pisca, apaga e acende, apaga e acende. O velho joga uma calcinha pra trás, depois outra. Há roupas na cama e no chão.

— Calma, pai — diz Marco, e avança com as mãos embrulhadas na toalha.

— Celiiiiiina!

— Ela não está aqui, pai. O que você está fazendo?

Ele arranca mais calcinhas. Tira um terço e o joga pra trás.

— Cadê os meus remédios?

— Que remédios? — diz Cláudio, da porta.

— Chega, Cláudio! — grita Marco, sem se virar.

— Só perguntei que remédios — diz o mais velho.

— Meus remédios! — Abel grita com a voz rascante, autoritária. Marco sente uma onda gelada correr sob a pele.

— Estamos aqui, pai. Volte pra cama.

Marco olha a colcha desarrumada. Vê as balas de hortelã espalhadas.

— Puta merda, Cláudio, olha o que você fez.

Cláudio dá um passo pra dentro do quarto com um sorriso de tubarão besta. Tem essa cara quando sabe que fez uma cagada.

— Olá, seu Abel — ele diz, sem avançar mais.

— A Celina guardou meus remédios...

— Pai, nós vamos encontrar seus remédios — diz Marco. — Volte pra cama.

A luz apaga e acende, os irmãos olham para o lustre no teto sem entender. O velho não reage, tem uma expressão vazia.

— Não dá pra passar a noite sem remédios? — grita Cláudio, e se posta atrás de Marco. Usa o irmão como escudo.

— Pare com isso — Marco sussurra, apesar de saber que o pai não vai ouvi-lo.

— Eu deixo meus remédios aqui... — diz Abel, e joga um sutiã no chão.

Marco sente um aperto no coração, é uma maldade o que fizeram com o pai. Vira-se para Cláudio, muito sério. O primogênito nega com a cabeça.

— Você concordou com isso, agora não adianta voltar atrás — ele diz.

O velho abre outra gaveta, tira panos estampados atrás de panos estampados, como um mágico.

— Pai, eles não estão aí — diz Marco. Solta uma das mãos da toalha e avança, mas não consegue impedir que o velho abra uma caixinha de joias e a sacuda no ar. Os brincos se espalham pelo chão, o garoto se agacha para pegá-los.

— Onde ela colocou? — reclama o velho, e solta a caixinha nas costas de Marco.

Abel pega a bengala e, num movimento ágil, dá um passo na direção da porta. O filho está no chão, curvado, procurando uma tarraxa que escorregou pra baixo da cômoda. O velho avança como um autômato, Cláudio grita e Marco se dá conta, com horror, que o pai está sobre ele. O velho bate a canela no seu flanco e se desequilibra. Cláudio grita e tenta alcançá-los, mas não chega a tempo. O pai desmorona sobre as costas do filho, a bengala voa. Dá uma meia estrela e cai de cabeça no chão.

— *Papai!* — grita Marco, se erguendo. — *Pai!*

— Energúmeno — fala Cláudio, e se agacha ao lado de Abel.

O pai geme, sua boca abre e fecha em busca de ar, com os poucos dentes cinzentos e tortos, o céu da boca manchado.

— *Papai!* — Marco grita. Quer tocar o velho, mas as mãos voltaram a sangrar, e ele perdeu a toalha. O quarto fica totalmente escuro, depois se ilumina com fúria.

— Quebrou alguma coisa? — fala Cláudio, examinando-o, sem, no entanto, encostar nele.

— Pai! Pai! — continua Marco. Os olhos estão embaçados, ele não enxerga direito, a boca treme, o peito está comprimido de dor e culpa.

— Engole o choro e me ajuda a levantar ele — diz o mais velho, irritado. Depois, vendo as mãos ensanguentadas:

— Que merda é essa? Vá se lavar, protege isso aí.

Marco funga, esfrega os olhos com o antebraço. Não vai abandonar o pai sozinho, não vai. Pega as cuecas na cama, envolve cada mão em uma delas. Cláudio ri, Marco grita com ele:

— Ele está machucado, Cláudio!

— E você é um idiota — diz o irmão.

Cada um o segura por um braço e faz força pra cima. O velho é leve, mas seu corpo se recusa a obedecer. As pernas não se mexem, Marco teme que ele tenha quebrado a coluna. Meu Deus, pode estar morrendo. Fazem mais força, Marco deixa escapar um soluço, os olhos estão nublados de novo.

— Isso, seu Abel, na cama, bonitinho — diz Cláudio.

Soltam seu peso e ele bate no colchão, geme e vira de lado. Os cabelos estão desgrenhados, o rosto coberto por uma camada de suor.

— Cadê os óculos? — pergunta Cláudio, e vasculha o chão.

— Ah, estão ali.

Aponta e espera que Marquinho vá até lá e os pegue. O irmão obedece, funga de novo.

— Eu tenho que fazer tudo por aqui — diz Cláudio. Ajeita os cabelos, que caíram na testa. Está arfante e suado. Marco coloca os óculos na mesinha e pergunta:

— Está bem, pai? Está bem? Quebrou alguma coisa?

O velho apenas geme.

— É surdo como uma porta — diz o irmão. Se inclina sobre o velho, cola a boca em seu ouvido. — *Você me ouve, seu Abel? Quebrou alguma coisa?*

Fala de forma pausada, gritando em cada sílaba.

— Hein? — diz o velho, entre as respirações.

— *Quebrou alguma coisa?*

— Eu... eu não sei... eu... estava ali...

— *Sim! Mas tinha que estar na cama, seu Abel!*

— Fui procurar meus remédios, a Celina deve ter guardado em outro lugar.

— *Esqueça os remédios!*

— Hein?

Marco apoia a mão no ombro do pai.

— Quer um copo d'água, pai? Uma sopa?

— Esquece a sopa, Marco! — fala Cláudio. — A sopa é uma merda, se eu fosse ele também ia me fazer de surdo.

Marco o ignora. Devia ter ligado pra Denise. Até a ex-mulher seria melhor. Ele diz:

— Pai? Você está mesmo bem?

Abel toma impulso e salta pra frente, pega os filhos desavisados, Cláudio o força de novo pra baixo.

— Está maluco? — grita.

— Meus remédios!

— Calma, deite aí! — diz Cláudio, segurando-o pelos ombros.

— Cláudio, dá logo os remédios pra ele — diz Marco.

— Nem a pau.

O velho se esforça de novo, fala "upa!", começa a se levantar, os garotos o seguram.

— Para, pai! — diz Marco, nervoso.

— Me deixem levantar! — ele grita. — *Yvooonne!*

— Calma! Calma, seu Abel!

— *Yvooonne!*

— Segura ele aí!

O velho geme, chora e afunda no colchão, desiste de lutar.

— Será que ele se acalmou? — diz Cláudio, soltando-o. Está suado, os olhos arregalados.

— Agora você acredita em mim, né? — diz Marco.

Não deveria ter dito isso. O irmão se endireita e o encara, voltou a vestir a couraça.

— Não é nada que uma pessoa sozinha não consiga controlar.

O velho se joga pra cima, surpreende os dois, salta entre eles quando tentam agarrá-lo e não é mais humano, é um espantalho que chacoalha e ri, escorrega das mãos.

Um trovão faz vibrar os vidros da janela, abafa os gritos. Os galhos avançam lá fora, Abel voa entre os dois no momento em que as luzes se apagam, eles ouvem as gargalhadas, e a tempestade se fecha sobre eles.

4. A CASA

O estacionamento no subsolo parece uma caverna, os carros enfiados em qualquer brecha, o teto baixo com canos grossos e estalactites. Um gotejar distante ecoa nas profundezas de um mar subterrâneo, escuro e gelado. Marco esfrega os braços, e a risada disparatada ainda reverbera na cabeça. Uma gargalhada estridente, nem de homem nem de mulher. Queria estar de volta à realidade, a garagem não basta; as paredes parecem respirar no escuro, não é só uma caverna, é também orgânica, o ventre de um animal morto.

Espera que o porteiro apareça logo, e cada nova lembrança faz seus ossos gelarem. Mas ele acredita que os galhos... Sim, os galhos. Talvez os galhos arranhando os vidros. Talvez as esquadrias de alumínio, elas podem vibrar com o vento e soltar sons agudos, que se parecem com choro ou riso. Esquadrias e galhos. O velho saltou, correu, as risadas brotaram, depois se acalmou. Era de novo um boneco desarticulado.

Marco desceu quando parte da casa entrou finalmente em colapso, e agora está ali, diante do quadro de luz, nas entranhas mais profundas do subsolo. Cláudio não queria ficar sozinho com o velho, tampouco pretendia resolver o problema elétrico, então escolheu a opção que, naquele momento, parecia trazer menos esforço.

— Mas como eu vou descer assim? — reclamou Marco, erguendo os braços, mostrando a camisa polo imunda.

O primogênito não queria emprestar uma roupa limpa, disse que a culpa era dele por ter trazido apenas uma muda de troca e por ter sujado a segunda camisa com sangue. Por fim, cedeu e concordou em dar a camiseta que usava por baixo do abrigo esportivo, uma camiseta azul, simples, com o logo da NYU no bolso. Estava úmida de suor, o irmão a tirou a contragosto, as carnes moles recobertas de uma floresta de pelos negros balançaram conforme ele se despia, os mamilos eram olhos escuros que já viram de tudo, o umbigo, uma boquinha assustada. Marco tirou a polo e se envergonhou da própria nudez.

— Quanta banha — disse Cláudio.

Em meio à escuridão úmida, Marco pega o celular e olha as horas. Meia-noite e dez, ele se pergunta se Denise estará acordada. Ela costuma dormir cedo, não quer acordá-la, mas, se estiver acordada, pode responder à mensagem, e, se não estiver, vai vê-la no dia seguinte, mas, se o celular vibrar, ela pode acordar, e, se estiver acordada, não haveria problema, mas, por outro lado, teria problema se acordar. Seu pensamento é um camundongo no labirinto, e numa das curvas ele digita: *Está acordada?*

Ouve o barulho de passos arrastados e de coisas metálicas batendo. O garoto que trabalha no turno da noite subiu pra chamar o zelador uns dez minutos atrás, disse que só ele podia mexer no quadro de luz. Ouve a conversa entrecortada entre o garoto e o zelador, e espera. Os chinelos arrastados se aproximam.

O homem surge atrás de um dos pilares, carrega a caixa de ferramentas numa das mãos e a escadinha na outra. É calvo, com cavanhaque, está com a cara inchada e sonolenta. Usa uma regata multicolorida de escola de samba, shorts de náilon e chinelos. O garoto da noite vem logo atrás e mantém uma distância precavida. Tanto um quanto o outro usam as máscaras no queixo. O zelador coloca a caixa de ferramentas no chão, abre a escadinha com um rangido metálico, Marco pede desculpas pelo horário. Diz que é do 301, que está passando a noite com o pai, que anda meio doente. O homem não diz nada, abre as portas do armário onde estão os relógios. O garoto da noite estala a língua e faz uma expressão sentida.

— O seu Abel, né?

— É.

— A dona Celina me chamou lá ontem à noite. Tinha caído, eu ajudei eles lá.

— Pois é — diz Marco.

O garoto balança a cabeça, parece de fato triste. Aponta para as mãos de Marco. Ele fez ataduras para conter o sangue, mas não está seguro de que tenham funcionado, e olha também.

— Machucou a mão? — pergunta o porteiro.

— É, pois é. As duas.

O garoto assente.

— E ele tá melhor?

— Quem?

— O seu Abel.

— Ah, sim, tá bem — diz Marco, com um sorriso apaziguador, que não significa nada.

A caixa de luz do 301 fica no alto, o zelador ajeita a escadinha e sobe os três degraus, puxa pra cima a tampa do quadro e aciona a luz do celular pra enxergar alguma coisa. Não é difícil encontrar o problema: há um fio grosso, erguido no ar como uma serpente. A luz do celular mostra o disjuntor queimado, cheio de fuligem.

— É, a fase caiu — diz o zelador.

— Dá pra arrumar? — pergunta Marco.

Gostaria de demonstrar conhecimento, mas quem entende disso é Denise, que fez um curso técnico quando era solteira. E Joana, claro. Joana era a pessoa realmente habilidosa na família. Chegou a trocar um pneu quando subiram a serra para suas tristes férias na casa de um colega do pai. Abel e Cláudio ficaram de braços cruzados na beira da estrada, Celina cuidava das malas, Marquinho buscava o melhor lugar na pista para colocar o triângulo, enquanto ela inseria o macaco na posição certa, pisava na chave para soltar os parafusos, puxava o estepe do porta-malas. A casa tinha piscina, churrasqueira e sauna. Choveu. Cláudio passou os cinco dias atrás da irmã. Ele a chamava de borracheiro e fazia piadas grosseiras, tomou um susto quando a menina lhe acertou um murro no estômago. Era pequena, mas quando tinha raiva, tinha força. Cláudio correu atrás dela, chegou a lhe enfiar uns tapas antes que ela conseguisse se trancar no banheiro da sala de jogos. O mais velho esmurrou a porta, enfiou o pé e rachou a madeira, chamou-a de sapatão, intimou que saísse do banheiro se era assim tão valente.

Quantos anos tinham? Não eram mais tão jovens. Celina queria retomar a pintura naquela temporada, levara tudo consigo, tentava os primeiros esboços quando ouviu os gritos. Apareceu no salão de jogos e ficou pálida ao ver o rosto deformado de Cláudio, a porta quebrada. Ela olhou então pra Marco.

— E você não faz nada?

Esse não é seu temperamento. Marco gosta de pensar que, na família, ele é a figura equilibrada, que sustenta os extremos. Já Cláudio puxou o pai. Abel chegou a entortar a porta do Voyage branco da família; quebrou o box do banheiro; esmurrou um ventilador de teto, que caiu em seguida na cabeça.

O zelador desce da escadinha portátil e se agacha ao lado da caixa de ferramentas. O porteiro da noite cruza os braços e estica o pescoço pra espiar. Tem uma expressão cética, um pouco cômica. O zelador pega uma chave de fenda, e ele diz:

— Vai dar choque aí, Fernando.

— Vai nada — diz o zelador, ríspido.

Marco olha o garoto e ergue as sobrancelhas, como se compartilhasse das mesmas preocupações.

— É a linha da rua — insiste o rapaz.

— É não, rapá. O fio vem só até aqui — ele diz, e aponta o cabo que sobe até o relógio. — Aqui não dá, não — diz, indicando a seguir o cabo solto, acima do relógio.

Fernando sobe um degrau da escada, abre a portinhola e examina de novo o fio solto. O celular de Marco vibra, ele o puxa do bolso.

Está tudo bem aí?, pergunta Denise numa mensagem.

O zelador toca o fio solto com a ponta da chave de fenda pra ver se está dando choque. Não está. Então mete os dedos no vão, puxa o fio grosso e tenta enfiá-lo algumas vezes no buraco do disjuntor, até conseguir. Pega a chave de fenda e a pressiona num orifício lateral, girando o parafuso que está lá dentro.

Caiu uma fase na casa, escreve Marco, com uma familiaridade eletrotécnica que ele não tem. *Estamos aqui arrumando.*

Ela digita a resposta.

Você e quem?

Os porteiros, ele responde. Fernando gira e gira a chave no buraco, geme, faz força, mas o parafuso apenas roda em falso. Quando ele solta a chave, o fio salta de novo pra fora.

O menino da noite, que espia atrás deles, pergunta:

— Queimou o parafuso, Fernando?

O zelador não responde. Enfia de novo o fio no buraco, pressiona a chave no parafuso e tenta prendê-lo ao disjuntor. Marco aciona a lanterna do celular e o ergue para ajudar na iluminação. Fica bem abaixo de Fernando, apoia-se na beirada do armário metálico, levanta a cabeça, mantém o braço erguido. Seu celular vibra, mas ele não pode atender agora. Fernando se esforça, gira e pressiona a chave de fenda, respira fundo, cada fungada desce como uma cascata sobre Marco, umedece os pelinhos do pescoço. É um banho de covid, pensa Marco. Se Cláudio estivesse ali, diria:

— Você gosta mesmo de um bafo na nuca.

O pai às vezes ria das grosserias do irmão, mas não muito. Celina ria se o velho risse. Joana, por outro lado, erguia os olhos para o teto e se voltava para o prato.

— Hippie de pé sujo — Cláudio retrucava.

Fora de casa, no entanto, o primogênito era caladão com as mulheres. Preferia andar em bando com amigos da época do colégio, depois com colegas da engenharia, por fim com os caras do banco. Entre eles, faziam barbaridades. Iam a festas, formaturas, jogos universitários, carnavais, bailes do Havaí no interior. Viravam doses de Sprite com vodca, davam zerinho na praça, vomitavam cerveja com macarrão nas próprias roupas, aplicavam mata-leão nas garotas que não queriam ficar com eles. Iam à Oktoberfest e competiam pra ver quem pegava mais louras. Em Santa Catarina eram todas louras.

— Mas não que nem a sua noiva — Cláudio dizia, com desprezo.

O pai, de novo, erguia um sorriso, um pequeno sorriso. Mesmo que a madrasta não correspondesse.

A risada de Abel era discreta, não chegava a mostrar os dentes. As únicas vezes que a boca se abria totalmente, e os quadradinhos amarelados apareciam entre os lábios molhados, era quando estava fazendo dinheiro.

Fernando cutuca o disjuntor e retira o parafuso, desce da escadinha com ele na palma da mão. Marco o ilumina, é apenas um toquinho enegrecido, nunca pensou que um curto pudesse derreter metal.

— Caramba — diz Marco, e desliga a lanterna do celular para ver as mensagens. Denise escreveu:

Mas e o seu pai?

Enquanto Marco digita, ela escreve de novo:

Como você sabe que caiu uma fase?

Ele envia:

Papai está com o Cláudio. Ele continua a digitar, vê que Denise está digitando também. Ele escreve:

Papai caiu.

Ela escreve:

É melhor chamar um eletricista, e na sequência:

Como assim, caiu?

Ele digita: *É só colocar o fio da fase de volta,* e ela: *Está bem?*

Marco vai responder, Denise é mais rápida:

Esse fio vem da rua, é de alta voltagem, Marco.

Marco. Ela nunca o chama assim por escrito, a não ser quando está brava ou preocupada. Ela pergunta:

Tem luz no apartamento?

Ele conta mentalmente. Tem na sala, mas o ar não funciona. Tem no corredor e nos banheiros. A ex-esposa escreve de novo:

Acho melhor você ver isso amanhã.

Ele diz para Fernando:

— Você não acha melhor a gente ver isso amanhã?

Fernando está de novo na escada, tentando rosquear o parafuso queimado. Marco complementa:

— Ainda tem luz em alguns lugares da casa, Fernando, a gente pode se virar assim, não é grave.

O zelador se afasta e olha o disjuntor queimado. Ele diz:

— É só a gente isolar a fase.

— Como?

Ele desce da escadinha e se agacha ao lado da maleta, revolve peças soltas, com um som de metais batendo. O garoto da noite balança a cabeça que não, não é uma boa ideia. Marco vai perguntar o que há de errado, mas Fernando se ergue com um disjuntor mais estreito.

— Vou ligar isso aqui no fio terra — ele diz.

— Será que não é melhor a gente ver isso amanhã? — diz Marco, abalado pelo olhar do garoto da noite.

— É rapidinho — diz o zelador.

O telefone toca, Marco acha que vai ter de se explicar a Denise, mas é Cláudio na linha.

— E aí?

— Estamos tentando resolver — diz Marco.

— Mas vai demorar? O seu Abel tá gritando aqui, quer sair da cama.

— Estamos tentando. Não posso falar agora.

Marco ouve um ulular ao fundo.

— Puta merda. Pai... pai! — Cláudio grita e desliga. Marco sente um calafrio, o garoto da noite diz ao zelador:

— Vai dar choque aí, Fernando.

— É só tomar cuidado — diz Fernando. Sobe na escadinha, abre a portinhola, enfia a chave de fenda no orifício inferior. — Vou tirar esse fio aqui.

O garoto recua dois passos e se posiciona parcialmente atrás de uma coluna. O zelador começa a desparafusar o fio que vem da rua e que se conecta, por baixo, ao relógio.

— Tem certeza de que é seguro? — diz Marco, de novo com o celular na cara do zelador, iluminando suas pupilas.

Marco acompanha o movimento circular da chave no punho de Fernando. A cada volta, o fio grosso parece crescer, forçar sua saída dos grilhões. O zelador para, afasta a chave de fenda, o fio se desprende e vibra no ar. É protuberante, cor de cobre, entortado na ponta.

Esperam um momento em silêncio e, como nada acontece, o zelador avança com a chave de fenda.

— Agora a gente afasta o…

Uma explosão seca, depois o breu total. Cheiro de fumaça.

— Fernando? Fernando? — grita Marco, e deixa cair o celular. Está travado na mesma posição, tem medo de se aproximar, sua mente elabora peles queimadas, carne viva, danação e fogo.

— Fernando! Meu Deus… Fernando!

O garoto resmunga logo atrás, pega o próprio aparelho e os ilumina.

Esperavam ver o zelador fulminado, mas não, ele desceu da escadinha e ainda tem a chave na mão. A máscara está dependurada na orelha.

— Caraca, Fernando, tu é maluco — diz o garoto. O cheiro de queimado se espalha pela garagem. Marco pergunta se ele está bem, o zelador não responde. Ele tenta de novo:

— O que aconteceu, Fernando?

Seu telefone toca, ele o encontra no piso úmido, rastejando e piscando. Marco se agacha e o atende. É Cláudio.

— Que porra aconteceu aí?

— Como?

O toque do interfone ecoa pela garagem. O garoto da noite arrasta os chinelos até a escada.

— Ei, está me ouvindo? — diz o mais velho.

— Estou — responde Marco. O interfone para, depois toca de novo.

— O que vocês fizeram aí? Tá tudo escuro.

— Deu um probleminha aqui com a luz.

— Porra, eu *sei* disso.

— Já vamos arrumar.

— Quando?

— Vamos arrumar — ele repete e desliga. Fernando voltou a enfiar a chave no relógio, usando o próprio celular como lanterna. Marco pensa em ajudar, mas seu celular toca de novo.

— Fala, Cláudio — ele diz, impaciente.

— Sobe aqui.

— Cláudio, eu tô...

— Sobe aqui. O velho tá descontrolado.

— Como?

— Marco...

Ouve ao fundo uma cadeira caindo. Ouve gargalhadas, pode ser choro.

— Cláudio, o que está acontecendo?

— Aí não, seu Abel!

A linha cai, Marco transpira. Ele se dá conta de que o interfone continua a tocar, é alto o suficiente para ouvirem dali.

— Fernando, vou ter que subir.

O zelador está recolocando o fio e Marco espera, sem saber o que fazer. Um manto de umidade e silêncio entope seus ouvidos. O menino da noite arrasta os chinelos até eles, o interfone volta a tocar, ele se detém, suspira e retorna para as escadas. No caminho, dá boa-noite para um sujeito muito alto e velho, de pijama curto listrado e havaianas brancas. Tem os cabelos grisalhos para o alto, olheiras profundas, lanterna potente na mão. Ele mal se aproxima e fala ríspido:

— Porra, Fernando, o que aconteceu?

— Nada não, general, tô arrumando aqui.

O velho fica mais irritado.

— Arrumando o quê?

— Foi um curto aqui, tô arrumando.

— Como assim, um curto? — ele diz. Dá alguns passos

adiante e enfia a luz em Marco, que pisca, se defende com a mão no rosto.

— O que vocês estavam fazendo aí? — Ilumina o chão, vê a caixa de ferramentas, as pernas peludas do zelador na escadinha. — O que está acontecendo aí, Fernando?

Marco balança a cabeça, pesaroso, como se ele também tivesse descido para reclamar.

O general o fulmina de novo, a luz desce da cabeça ao tronco, passa pelas mãos feridas, depois pelos shorts do pijama.

— Quem é você?

As bochechas de Marco esquentam por trás da máscara, diz que está com o pai no 301 e que o pai está meio doente. Sente-se um mentiroso, sente-se um sujo, apesar de não ter feito nada de errado.

— O dr. Lobo?

— É, ele mesmo.

— Não consegue dormir, né?

— Não, senhor — diz Marco.

O velho balança a cabeça.

— Estou com a minha mãe doente em casa, vocês não param de fazer barulho lá em cima.

— Me desculpe...

— O quarto do seu pai fica bem em cima do dela.

— Desculpe...

O general continua desgostoso.

— E o que você fez aí?

A lanterna faz um zigue-zague de uma bandagem à outra.

— Eu me cortei...

— Se cortou — diz o general, balançando a cabeça. — Foi você que bateu roupa à noite?

— Como?

Marco olha o zelador em busca de ajuda, mas o porteiro está tentando parafusar tudo antes que o general se volte pra ele.

— Batendo máquina. Lavando roupa. Nove da noite. Dez da noite.

— Eu... não sabia...

— A gente tem horário aqui — ele diz, e abre um sorriso para fechá-lo de novo. — Minha mãe precisa de cuidados.

— Ah.

O general ilumina Fernando, quer saber o que ele está fazendo. Marco sabe que aquele é o momento de fugir.

— Mande meus sentimentos ao seu pai — diz o general, ao vê-lo passar.

Marquinho concorda de cabeça baixa, cruza acelerado a garagem. O interfone ressoa pelos degraus, ele ouve a voz do garoto dando explicações. O elevador, é claro, não funciona. Sobe às pressas, ilumina o caminho, atravessa pé ante pé o segundo andar, pra não despertar a mãe do general, e, no último lance de escadas, pensa o que estaria fazendo agora se o zelador tivesse morrido. Sente-se um idiota, devia ter deixado aquilo para o dia seguinte. Puta merda. Puta merda. Tira a chave do bolso, mas a porta dos fundos se abre sozinha, a maçaneta está quente, e a porta, febril. Quando entra na cozinha, o espetáculo é pior.

Ilumina um copo quebrado, um líquido bege espalhado no piso, a panela tombada. O próprio piso e as paredes parecem feitos de uma substância pulsante. Faz calor, calor de inflamação, mas o sangue gela com gritos e gargalhadas. São várias, em tons desiguais, elas cessam e outra se eleva, muito distinta, uma risada histérica e longa. Marco ergue o celular e, justamente quando a luz atinge o vão da porta, uma forma passa pelo corredor.

— Pai?

Ele recua até a área de serviço e pega uma vassoura velha apoiada perto do tanque. Segue as risadas pela cozinha, os chinelos grudam no piso de carne viva. Marco se apoia no batente, o celular quase cai, ele o aperta entre os dedos e a luz se apaga. Um sopro gelado o atinge na nuca, os dedos grossos tremem e religam a luz. Ele vasculha a cozinha e ofega, vassoura em riste, o ar está denso de partículas e a luz do celular é uma merda, não chega até a área de serviço. Ouve barulhos no corredor e se vira, vai até lá e ilumina na direção dos quartos, as paredes estão cheias de corrimento.

— Cláudio?

Há três cadeiras de espaldar alto no corredor, duas delas tombadas. Marco salta com o barulho de algo caindo no escritório, aponta a lanterna do celular e as sombras das cadeiras se projetam nas paredes como artérias gordas, o tecido pulsa.

— Seu Abel!

Vira o aparelho para a porta escura que leva à sala, o corredor viscoso se fecha sobre ele e a luz do celular apaga. Marco grita, dá uma vassourada à frente, ouve berros e coisas se partindo, uma cadeira é arrastada pelo corredor com o som melado. Ele sente de novo o bafo, muito perto do seu rosto.

— Ai, *ai*!

Grita e salta, gira a vassoura e acerta a parede, há um som de madeira rachada e ele solta o cabo, que estala no piso. Busca o botão da lanterna, algo úmido passou pelo chão e roçou sua canela. Os dedos não encontram o botão, estão suados e escorregam pelo aparelho. As cadeiras se deslocam no assoalho ao redor dele, escorregando como comidas trituradas esôfago abaixo. Seus dedos vencem o suor e apertam o aparelho. A luz reaparece e clareia seus pés, a vassoura partida, depois as cadeiras, e, lá no fim, no escritório, o avô tombado olha pra ele com o rosto descarnado.

O quadro está caído no chão, o fundo creme se tornou nebuloso, com figuras humanas, ou não, é efeito da luz. Sua mochila também caiu e está aberta, as entranhas espalhadas. Uma cadeira é arrastada no outro quarto, estala numa poça de gosma.

— Onde você está, Cláudio!

Ouve a porta da frente batendo. Ouve passos na sala e mais gritos, vidros quebrados. Corre para aquele lado, a luz apenas deixa mais opaca a escuridão que o aguarda. Há um grito atrás de si, vindo do corredor. Marco geme, pisa em cacos, chuta um vaso caído e grita de dor e susto. Vira a lanterna pra trás, para o movimento.

Ouve o grito de Cláudio.

— *Pai!*

Parece vir de fora.

— Cláudio!

Ele corre pela sala de jantar e os pés se afundam em terreno macio, as pernas avançam devagar, Marco tem a impressão de não sair do lugar. Chega por fim ao pequeno corredor da entrada, a porta está escancarada e ele, encharcado. Sai para o saguão gelado dos elevadores, ouve a porta da cozinha bater. A casa toda treme, e uma parte de sua mente se lembra da mãe do general, que não consegue dormir.

Há uma risada nova, entre gritos e portas batendo. Ao entrar na cozinha, a gargalhada se torna mais discernível. É grossa e humana, pontilhada de dentes batendo.

— Ha… ha ha ha ha ha ha.

É o pai.

— Cláudio!

— *Aqui* — grita o irmão, dessa vez do quarto.

Marco cruza a cozinha e ilumina o corredor. Passa pelas cadeiras tombadas, os gritos aumentam, objetos caem. A lanterna do celular se apaga de novo, lá fora a chuva tenta arrancar as árvores do cimento, as copas balançam, os galhos batem nos vidros, há vultos saltando contra o reflexo da luz na rua. Alguém chora ao seu lado, é uma mulher. Marco tenta se distanciar dos risos, há cadeiras por todos os lados. Ele ouve um baque, o irmão grita.

A luz do corredor volta.

Ele e o irmão estão no quarto, em pé entre as cadeiras. O som da chuva é uniforme, tedioso, e o pai está no chão.

Armários escancarados, roupas espalhadas pelo piso. Papéis, livros, retratos partidos. Seu Abel foi parcialmente engolido para debaixo da cama, eles arrastam as cadeiras e abrem caminho até o velho.

A boca aberta de um peixe, uma das lentes dos óculos rachou. Está todo suado, um suor lustroso como sebo, e respira ofegante.

— Acho melhor a gente chamar uma ambulância — diz Marco, e a voz treme, sai desigual, ele não sabe se o irmão o entendeu. Repete, por via das dúvidas:

— Acho melhor a gente...

— Não sou surdo!

Estão acocorados ao lado do velho, ainda sem saber o que fazer. Cláudio está compenetrado, não brinca mais.

— O número está colado na geladeira — diz Marco.

Eles se entreolham. Depois se viram e observam a porta de relance, o mais velho esfrega o suor da testa. Nenhum deles quer sair sozinho.

— A luz voltou na sala? — diz Cláudio.

— Acho que voltou.

Esperam mais um pouco, há apenas a chuva constante.

— Que horas são? — pergunta o mais velho.

Marco ainda está com o aparelho na mão. Olha o visor.

— Quinze pra uma.

Cláudio suspira, Marco entende o que ele pensa e diz:

— Tem bastante tempo ainda pra amanhecer.

— Tem — confirma o mais velho.

Esperam mais um momento.

— Acho então que eu vou lá pegar o número — diz Cláudio.

— Eu fico aqui com o papai.

Cláudio concorda, inspira, olha de novo o corredor e decide enfrentar seu destino. Marco se detém, escuta a chuva, espera um grito ou uma gargalhada, não há mais nada.

— Ai... — geme o pai, sem se mover.

— Vamos pedir ajuda, pai.

— Ai...

O filho passa as mãos nos cabelos molhados do velho. Não sabe muito o que dizer. Pensa em perguntar o que está acontecendo. Ou, então, por que Abel estava rindo. Estala os lábios, se prepara para falar e desiste. Pergunta se o pai está mesmo bem.

— Ai...

— A gente está aqui, pai. Eu e o Cláudio.

O velho vira o rosto e o encara. Os olhos estão acesos, olhos claros e incisivos que arranham. Marco se afasta por instinto, depois o observa de novo.

— Eu... — diz o velho, e abre a boca, tenta dizer algo. Marco se inclina pra ouvir.

— O quê?

O velho tosse e acena, Marco se abaixa mais. É seu pai, ele sabe que o saco de pele e ossos ali no chão é seu pai, mas tem medo de levar uma mordida.

— Eles...

— Quem?

— Eles...

— Eles quem?

— Estão todos aqui...

Abel gesticula com a mão, como se o quarto estivesse cheio. Marco sente um arrepio e uma repulsa, se endireita e observa o cômodo, as cadeiras, as roupas. O corpo se sacode de modo involuntário e ele leva as mãos ao rosto.

— Ai!

Cláudio está ali, na soleira, e o olha de um jeito estranho. Marco baixa as mãos ao peito e diz:

— Caralho, você me assustou.

O primogênito franze os lábios, como se o irmão fosse um idiota. Avança entre os escombros e estende um pedaço de papel.

— Achei o número. Agora você liga.

Marco não retruca, sabe que é inútil. Se levanta e toma o papel das mãos do irmão, franze os olhos para decifrar os números e pega o celular.

— A gente não vai pôr ele na cama antes? — diz Cláudio, apontando para o pai.

Marco olha o velho, morde a ponta do celular enquanto pensa.

— Será que é seguro?

— Se ele tivesse quebrado alguma coisa, estaria gritando — diz Cláudio.

— Mas a remoção... em caso de acidente... a gente aprende que...

— Você pega pelos braços — diz Cláudio. Contorna uma das cadeiras e se agacha pra erguer o pai pelas canelas.

Os filhos o puxam, o velho abre os olhos e reclama, diz que pode caminhar, eles o jogam sobre o colchão, Abel geme, tenta se erguer.

— Me tratem com respeito!

— Por favor, pai — diz Marco, e pressiona o peito dele pra que se deite de novo. O velho obedece e suspira, a verdade é que está exausto. O filho pega o celular e digita os números.

Tem na sua mente que a ambulância virá cortando a noite com as sirenes ligadas, mas o processo é cruel, foi feito pra doer na carne. A atendente pede os dados do plano, eles não estão com a carteirinha. Procuram pelas gavetas, atiram as cuecas e calcinhas restantes no chão, vasculham as mesas de cabeceira. Marco implora que ela não desligue. Cláudio encontra uma caixinha marchetada de madeira com o desenho de uma paisagem tropical. Vasculha seu conteúdo enquanto Marco aguarda no celular. Tira papeizinhos, cartões-postais, fitas e medalhas.

— Comenda de sei lá o quê — ele diz, observando o brasão com o Cruzeiro do Sul.

— Cláudio...

Tira um broche e ri, mostra ao irmão, tem a forma do sigma.

— Caraca, o velho ainda guarda essas coisas de nazista.

— Vamos lá, Cláudio — diz Marco, e a mocinha diz que vai desligar, ele pede que aguarde mais um pouco.

Na gaveta de Celina há um cartão com a validade vencida, o número é rejeitado pela atendente. Cláudio xinga, some pela casa, finalmente volta com a nova, que estava o tempo todo na cozinha. Em vinte minutos, os dados estão registrados, o serviço domiciliar estará na casa deles entre uma e duas horas.

— Uma ou duas horas?

— Não dá pra ser antes? — pergunta o mais velho, ao ouvir a exclamação.

— Não dá pra ser antes? — diz Marco ao telefone.

— Não, senhor, não dá pra ser antes — diz a atendente.

Olham o pai mais uma vez, inerte entre os lençóis. Cláudio afasta as roupas no chão com os pés, abre espaço e arruma as cadeiras em volta da cama para evitar que ele escape, ambos sabem que é uma medida fútil.

Saem do quarto e se jogam no sofá da sala, um de cada lado. Está abafada, com um leve cheiro de merda. O piso imundo, com cacos, água, vasos quebrados. Os irmãos não tiveram forças nem para erguer as mesas tombadas. Cláudio esfrega os olhos, diz que tem uma série de coisas importantes pra resolver no dia seguinte, puta merda, não vai conseguir dormir nada.

— Tenho uma reunião bem cedo — diz Marco, e sente o peito se afundar com a pressão. Parte de sua mente quer pensar que sua crise profissional é pequena, é diminuta em relação ao que está passando nessa madrugada, mas o pensamento é esmagado junto com o peito, e o monstro do trabalho continua lá, vivo e pulsante. Queria ter preparado algo para a reunião com Soraya, alguma defesa, agora é tarde. Mas não é só isso que o aflige. Se tiver de ficar ali de manhã, além do problema do computador, vai ter de arrumar uma camisa limpa pra reunião. Depois tem aulas o dia inteiro, as sextas são sempre cheias, Marco mal tem tempo de comer alguma coisa. Não tem conseguido se organizar na quitinete, a cozinha é pequena e ele não tem ingredientes nem utensílios básicos. Como resultado, tem usado o aplicativo de entregas e o cartão de crédito está estourado. Ele sabe por que Soraya marcou a reunião, na melhor das hipóteses é para anunciar que todas as disciplinas de humanas vão virar on-line, na pior é para demitir os professores ou exigir mais demissões, e ele *precisa* do emprego. Suas turmas agora têm quase duzentos alunos, todos on-line, centenas de janelinhas pretas, de imagens congeladas, de garotos que só estão lá pra ganhar um diploma, mas suas turmas ainda *existem*, e é isso o que importa, o que paga suas contas.

Cláudio parou de esfregar os olhos e o observa de uma forma curiosa.

— O que foi? — diz Marco.

O irmão não acha que seu trabalho seja sério. Marco gostaria de lhe explicar o que está acontecendo, mas sabe que ele não daria atenção aos seus medos, ou os acharia banais. Da última vez que se lamentou pra Denise, ela respondeu:

— Você tem que dar graças a Deus, Marco.

Como se ele fosse um banana com sorte. Ele não é um banana com sorte, está no emprego pelos próprios méritos.

— O que foi? — ele repete, e o irmão aumenta o sorriso.

— Nada. Só de olhar pra você, você já fica na defensiva.

— Eu não tô na defensiva.

— Sei.

— Eu não tô na defensiva. Por que ia ficar na defensiva? Você não faz ideia do que eu enfrento lá no trabalho.

— Tá, entendi. Não precisa chorar.

— Nossa, você é muito criança — diz Marco.

— E você é um chorão.

As décadas não bastam pra amenizar o passado. Rastejam no ladrilho ensaboado, Cláudio o pega por trás num aperto, esfrega-se nele e o sufoca. Marco tenta escapar, escorregam um sobre o outro. O baque, a inconsciência e o sangue que escorre no ladrilho. Ele se vê desmaiado, o irmão perplexo, a mãe ouvindo os gritos de Joana. A história se repete em sua mente e Marco ainda sente um aperto, leva a mão à cicatriz na cabeça. Teve de fazer exames de urgência, suspeitavam de uma concussão mais séria e os plantonistas imberbes não transmitiam segurança. Passou a noite sob observação ao lado de doentes mais graves, cujos lamentos o assombraram. Deixou o hospital com o cabelo raspado e os pontos, doía mas na família não davam a mínima. Só a irmã chorava por ele, com medo de que fosse morrer. A mãe estava irritada com o trabalho extra e a noite insone, com o custo de pagar alguém para ficar com os outros irmãos, e Cláudio o chamava de chorão, como agora. É sempre a mesma betoneira de injustiça despejando cimento sobre ele.

— Sério, você não sabe o que eu estou passando lá na faculdade.

— Hum-hum — diz Marco. Pega o celular do bolso, abre a tela, aciona um aplicativo com gráficos verdes e vermelhos. Seus dedos se movem de forma frenética, ele faz beiço e fica sério, passando números atrás de números. Marco o observa, a cabeça afundada no encosto da poltrona.

— Está trabalhando?

Ele continua a analisar os números, demora a responder.

— Melhor que não fazer nada — diz.

— Mas agora?

Cláudio o observa.

— Mercados da Ásia.

— Ah...

Marco solta um sorriso triste e fecha os olhos. Sente o corpo quente do irmão ao seu lado, pulsando no sofá, se mexendo irrequieto. Está concentrado em fazer dinheiro, mesmo que nesse momento estejam ali, em meio ao caos, no ventre de um animal febril. Depois, os movimentos cessam, Marco ouve o ar pesado saindo das narinas. O corpo se mexe uma última vez, o primogênito se vira pra ele.

— Você devia ter chamado a Joana.

Marco abre um dos olhos. Cláudio o encara e segue:

— Ela agora ia ficar botando ordem, né? Ia te ajudar mais.

— Não é assim...

— E eu não seria obrigado a vir.

— Ela mora longe, Cláudio.

O irmão começa a olhar de novo o celular. Ri ao dizer:

— Se entocaram depois do vexame e nunca mais saíram.

— Não foi isso...

Cláudio vira o rosto pra ele. Está sério, o tom de voz subiu um ponto.

— Ah, não? Depois que o maridão dela roubou e foi escorraçado?

Maridão. É assim que ele se refere à parceira da irmã. Parceira, mulher, esposa; Marco nunca sabe que termo usar pra designar Jacqueline. Cláudio diz:

— Aprenderam a lição.

— Não foi isso, Cláudio.

O primogênito ri, mas só há raiva na risada.

— Fugiu pra não ser presa.

A raiva do irmão é palpável. É como se tivesse brigado ontem com Joana, e no entanto estão sem ver, sem se falar, há quanto tempo? Marco tenta calcular, foi no Natal em que tiraram a foto, a última foto em família. Nossa, já se passaram mais de quatro anos.

— Maluca — diz Cláudio.

— Faz tanto tempo, Cláudio...

O irmão não está satisfeito.

— Ainda tenho a marca na barriga.

— Tá.

— Tá? — ele ri. — Ela *me furou*, amigo.

— Não foi bem assim, Cláudio.

— Não foi bem assim? Vai ficar distorcendo os fatos, que nem ela?

— Você provocou...

Ele ri.

— Não provoquei. Só falei a verdade.

Ficam de novo em silêncio. Cláudio mexe mais um pouco no celular e retoma:

— Ela te escreveu?

— Quem?

— Você é surdo, caralho? Quem mais?

Marco pensa em mentir, mas só a hesitação já é prova de que sim, Joana entrou em contato. Ele diz:

— Ela queria saber se o papai estava bem.

— Sei... agora deu pra se preocupar.

— A Celina falou com ela, Cláudio. Ela ficou preocupada, sim.

— E você disse que eu estava aqui?

— Eu? — Mais hesitação. — Disse.

— Ela deve ter falado mal de mim.

— Não falou.

— Sei... — diz Cláudio, com um sorriso.

Ficam mais um momento calados, mas Marco sabe que ainda não terminou.

— Ela não vai acreditar no que aconteceu aqui.

— É.

Mais silêncio.

— Que porra foi essa — diz Cláudio.

— É.

As risadas, os lamentos, os gritos, tudo se mistura na cabeça de Marco, ele especula se a tempestade podia ter gerado isso. A tempestade, as árvores, os vidros desencaixados das esquadrias. Espera o irmão dizer algo, sabe que Cláudio deve estar fazendo o mesmo que ele, retrabalhando os eventos pra torná-los aceitáveis. São irmãos, têm essa conexão. Mas é cedo pra isso, ainda estão abalados para esquecer.

— Pareciam risadas — diz Cláudio.

— Com certeza.

Mais silêncio. Ouvem uma sirene ao longe, aguardam pra ver se ela se aproxima, mas não. Some em meio à chuva.

— E depois que você desceu, pra fazer toda aquela merda na garagem... caralho.

Marco se vira pra ele.

— O que aconteceu?

— Você não imagina.

— O quê?

Ficam de novo em silêncio. O mais velho está buscando as

palavras certas, encara o teto. Um trovão soa ao fundo, o vento bate nas janelas. Mas a violência, a verdadeira violência, se dissipou.

— Que coisa maluca, o que a cabeça faz com a gente.

Marco concorda, ouvem outro trovão. Cláudio começa a falar de um documentário que viu faz tempo, não lembra mais o nome. O documentário mostrava como a pessoa, quando está bem no final da vida, às vezes tem um acúmulo de energia, uma força incrível, ou algo assim, e faz coisas de que a gente duvida.

— É como uma lâmpada — diz Cláudio —, que dá aquele brilho enorme antes de queimar.

Marco sente um frio percorrer o corpo. O pai está bem velhinho, passou perto da morte antes. Teve dois infartos, um bastante grave, aos sessenta e poucos anos. Sobreviveu a um câncer de intestino; escapou quando o pulmão se encheu de água e quando o marca-passo parou de funcionar. Escapou também da mordida de um doberman, mas isso foi quando era criança.

— Acho que toda essa história me deu uma fominha — diz o mais velho.

Um cansaço imemorial toma conta de Marco.

— De novo?

— Você não ia fazer aquele macarrão?

Marco afunda a cabeça no encosto sem conseguir responder. Os braços se afrouxam sobre a barriga, as pernas pendem para os lados.

— Que horas são? — ele ainda consegue dizer.

— Duas e dez — responde Cláudio.

Os médicos ainda vão chegar, vão examinar o pai. Marco só quer dormir um pouquinho.

— Não vai dar pra dormir nesse calor — diz Cláudio.

— Não, não vai… — diz Marco, descendo pela inconsciência.

O corpo de Marco derrete nas almofadas. Os pés flutuam, ele cai num miasma vibrante, acolchoado, figuras cintilantes descem pela cortina das pálpebras, somem e voltam como carimbos móveis, germes gigantes.

— Você está dormindo?

— Hum.

Nem o irmão vai tirá-lo de lá.

— O que foi essa risada toda.

— Hum.

— O velho correndo como um louco.

…

— Você está dormindo?

…

— A gente achava que dona Odete era uma bruxa, você lembra?

A voz de Cláudio reverbera no oceano amniótico que o envolve. Seu corpo pulsa no calor, gira lentamente na inércia das correntes.

— Eu entrei no quarto deles pra descobrir — continua Cláudio. — Você estava com medo, você era um cagão, e ficou na porta falando pra eu sair.

— Hum — diz Marco, e tenta imprimir um sorriso nos lábios, mas o esforço é enorme. Ele se lembra das gavetas abertas, do irmão remexendo as calcinhas, revirando as meias, um pouco como agora.

— No armário, bem no fundo, ela guardava uma caixinha, tipo uma caixinha de costura.

Sim. Uma caixinha verde com flores rosadas e amarelas pintadas no centro. Talvez fosse isso, Marco não sabe ao certo. A caixa estava fechada com vários elásticos, Cláudio começou a abrir, afoito. Marco sentiu o intestino líquido e apertou as pernas. Queria sair do quarto, ao mesmo tempo em que a caixinha o atraía.

— Cláudio, vamos sair daqui. Vamos embora…

— Não atrapalha!

Marco sonha com a mãe subindo as escadas do sobrado. Ele sonha com o papel de parede listrado do quarto dos pais; sonha com a penteadeira e as gavetinhas abertas e conspurcadas. Tudo o que era dela tinha sido escancarado, toda a sua privacidade, suas lembranças. O armário do pai, no entanto, continuava fechado, ainda que todos os segredos repousassem ali.

— Dentro da caixa tinha outra caixinha, lembra?

Ele tirou fitinhas, material de costura, uma flor seca, que se despedaçou nos seus dedos. Cartas antigas, amarradas numa pequena pilha, que Cláudio desatou em busca de uma confissão. Queria destruir a mãe, queria envergonhá-la. Odete caminha pelo corredor, seus passos são inaudíveis.

— Marco — ela diz no sonho.

— Vagabunda.

Ele abre os olhos e vê a mãe surgir do pequeno corredor de entrada. Está com uma roupa que nunca usou antes: saia preta até as canelas, camiseta branca por dentro da saia. Um pé está calçado numa sapatilha, o outro não. Os cabelos, presos num coque, estão totalmente brancos. Ela se detém um momento junto à mesa, toca em alguns remédios na cesta e segue caminho, lentamente, na direção dos quartos.

— Mamãe — ele diz no sonho. — A gente estava falando de você.

— E na caixinha tinha umas mechas de cabelo — continua o irmão. — Mas a gente não conseguiu ver tudo, a dona Odete apareceu no corredor e começou a gritar. A gente fugiu. *Eu* fugi.

A mãe para na soleira do corredor, as mãos entrelaçadas à frente da saia. Ela olha ao redor, passa pela sala de TV, passa por Marco, seus olhos se detêm em Cláudio.

A mulher escancara a boca, a boca é negra como um poço.

Marco abre os olhos sobressaltado. Ergue o tronco e olha na

direção dos quartos, não há ninguém ali. Olha Cláudio, o irmão o encara de volta.

— O que foi? — ele diz.

Marco esfrega o rosto e se endireita no sofá. Um choro cresce e diminui, como o vento assobiando pelas frestas.

— Você está ouvindo? — ele diz.

Cláudio para e escuta. Ficam em silêncio, apenas a chuva cai lá fora, numa canção de ninar. Uma nova onda de lamentos os atinge.

— Acho que é o seu Abel — diz Cláudio.

Marco se ergue do sofá, coça os cabelos ralos. Passa pela sala, só agora se dá conta da catástrofe que causaram ali. Precisam arrumar antes que os médicos cheguem, ele pensa. Se agacha e pega o vaso quebrado, ainda com terra e uma planta desalojada. Vai até o corredor, ouve de novo o choro do pai. Pega o cabo da vassoura largado ali, depois a cabeça com as cerdas. Finge estar ocupado, cruza a cozinha, sai do apartamento, a luz automática se acende e o corredor é sua salvação. Poderia pegar o elevador e sair dali, pensa, e nunca mais voltar. Abre a tampa do lixo, uma tampa redonda com alça, o compartimento está quase repleto de sacos menores e comida esmagada. Deixa a vassoura quebrada e o vaso ao pé da lixeira, nacos de terra se espalham pelo chão. Volta derrotado para o calor da casa, sabe que não pode fugir e, na cozinha, constata que o pai não parou de gemer. É um choro terreno, simplório, que deveria assustá-lo, mas não o assusta mais. Suspira e vai ao corredor.

O quarto continua escuro, iluminado apenas pela luz do corredor, as cadeiras estão ao redor da cama, como num auditório, e ele não se lembra de as terem deixado assim. Marco sente o cheiro forte de urina, vê os lençóis escuros e é tomado por um desânimo do tamanho do mundo, um cansaço de pensar que vai ter de trocar tudo, dar outro banho em Abel, procurar roupas novas entre as peças espalhadas pelo quarto.

— O que foi, pai? — ele diz, quase com raiva.

— Cadê a Odete? — Ele inclina o rosto e olha o filho, está sem óculos, os olhinhos piscam, perdidos.

— A Celina, pai?

— Hein?

— A Odete não está — diz Marco, e a afirmação não o convence de todo: a memória da mãe continua lá. O velho o encara, a boca pendente sem entender, mas o filho não sente a menor disposição de explicar.

Abel rola na cama, fica de barriga pra cima, tenta se endireitar contra o espaldar de madeira. Seus braços se arrastam no colchão, os pés fazem força, ele apenas derrapa nos lençóis encharcados.

— Não fui eu, Odete…

Olha para a cadeira na ponta esquerda da cama e Marco se dá conta de que o velho está tentando se distanciar dela. A cadeira, por sua vez, está virada na sua direção e o observa.

— Não tem ninguém aí, pai — diz Marco, sem paciência.

— Só eu.

— Vocês trouxeram ela! — o velho grita, cheio de medo e violência.

— A gente não trouxe ninguém, pai — diz Marco, e olha ao redor, para as outras cadeiras. Duas fileiras de observadores aguardam seu próximo comentário. Seus pelos se eriçam como defesa, o ar gelado escapa da boca.

— Pai, só estou eu aqui…

A voz sai sussurrada, a frase é tola e os decepciona. O velho faz mais força e finalmente escora as costas contra a madeira trabalhada. Se antes chorava, agora sorri.

— Meu pai — diz Abel.

— O quê? — responde Marco, e se vira pra trás, com medo de encontrar o quadro do avô. Não há nada lá. Abel no entanto balança a cabeça e olha as cadeiras.

— Yvonne, Aparecidinha... que satisfação, todo mundo aqui. Ah! Dr. Olavinho! Dr. Abrão, que surpresa. Achei que vocês estivessem mortos.

— Pai! — grita Marco, e abana a mão na frente do velho, para tirá-lo do transe. Abel não o enxerga.

— Sim, de fato — ele diz. — Esse é mais fraquinho.

— Quem é mais fraquinho, pai?

O velho concorda com a cabeça.

— Vocês têm que conhecer o mais velho.

— Tá falando com quem, pai?

Abel concorda com as cadeiras.

— Sim, ele também se lembra de vocês. Está na sala, dormindo.

— Pai!

O velho concorda de novo e deixa o corpo escorrer de volta pra cama. A cabeça se encaixa entre dois travesseiros, ele parece ressonar.

O quarto está em silêncio mas as cadeiras permanecem cheias. Marco sente que está encurralado entre elas, suas costas gelam. Ele se levanta e tenta escapar pelo vão entre duas cadeiras e, quando o pai rosna atrás, ele se descontrola e as derruba, procura segurar a queda mas as bandagens o atrapalham e ele derruba outra, as cadeiras quicam no assoalho, é uma percussão no quarto fechado, ele não sabe se foge ou se pede desculpas. Segue de costas para a porta, suando muito, em direção ao corredor. Lá fora, ele gruda contra a parede porque o quadro do avô está ali, no escritório, e certamente o vigia.

A casa fica em silêncio. E, em meio ao silêncio e à chuva, Marco ouve. Três batidas. As batidas vibram no quarto e cessam.

Vibram de novo e cessam. Mais três. Ele olha o piso, olha as roupas e as cadeiras. Mais três batidas. É como se viessem de baixo.

A mãe do general.

Marquinho fica imóvel, sente que desagrada a todo mundo. Prende a respiração, no mais imóvel silêncio, até se certificar de que não há mais batidas. Colado no corredor, ele sente a camiseta empapada, esfrega o rosto molhado. Pé ante pé, segue até a sala.

Fraquinho.

O mais velho tirou os tênis e dorme no sofá, a cabeça apoiada nas mãos, joelhos dobrados, celular no piso. Tem um aspecto tranquilo, lembra o garoto que adormecia na frente da TV ligada e só acordava se alguém mudasse o canal. Marco, portanto, caminha em silêncio até a cozinha escura. Pega um copo no armário e abre a geladeira. Nota que a falta parcial de energia vai estragar os alimentos. Pega a garrafa de plástico e enche o copo, a boca está seca. Bebe em quatro goladas, enche de novo o copo. Olha o que tem na geladeira, vê os frios que ficaram na bancada. Queria comer, mas não tem nada ali que o apeteça. Fecha de novo a geladeira, com cuidado pra não fazer mais barulho, e caminha de volta à sala.

Cláudio está sentado no sofá, os cabelos armados pra cima. Boceja e vê o irmão se aproximar.

— Que horas são? — ele pergunta.

Marco pega o celular do bolso.

— Duas e quarenta.

O mais velho estala os lábios, olha a sala, depois se volta de novo para o irmão.

— Engraçado — ele diz. — Sonhei com a nossa mãe.

A palavra *mãe* soa estranha naquela boca, não é algo frequente no léxico do mais velho.

— Ela estava andando pela sala — diz Cláudio, e faz um movimento com o dedo, dos quartos até a entrada. — Eu estava aqui no sofá. Perguntei onde é que ela achava que ia, que engraçado...

Marco dá dois passos pra longe do corredor, quer sair da rota invisível traçada pelo irmão.

— A casa estava cheia, como numa festa. Mas estava todo mundo nos quartos. Alguns eu conhecia. Nossas tias, não sei. E mais gente.

Faz uma pausa, tenta recobrar os rostos.

— Nossa mãe meio que olhou pra mim de um jeito estranho, depois olhou as coisas esparramadas pela sala, como se eu tivesse feito toda a sujeira.

Cláudio solta um meio-sorriso e olha para o irmão. Está um pouco desconcertado, e isso é chocante, vindo dele.

— Falei que não tinha sido eu — o primogênito prossegue.

— Aí entendi que ela ia chamar uma menina. Pra limpar, eu acho.

— Que menina? — fala Marco, e cruza os braços.

O irmão não o ouve e continua:

— Não estava nervosa nem nada. Não gritou nem fez aquelas loucuras. Acordei com a porta da frente batendo, achei que fosse você.

Eles se entreolham, um sabe o que o outro está pensando. Os dejetos da memória se elevaram na enchente, romperam a lama da cova e estão ali, entre eles. Naquela manhã a mãe desceu as escadas do sobrado, quase caindo, e teve de se apoiar na porta da sala. Ela gritava, chorava, apontava para Cláudio. Está tudo bastante claro agora.

— *Monstro!*

O primogênito via TV, deitado no sofá. Marco estava na poltrona.

Fraquinho.

Ela avançou desconjuntada pela sala e tentou bater no mais velho.

— Ei!

Cláudio nega que tenha batido de volta, mas agora está claro. Depois dos primeiros tapas de Odete, ele ordenou que ela parasse e se ergueu também, fazendo sombra na mãe. A menina tinha doze anos. Joana. Ela estava ao pé da escada e via tudo.

Fraquinho.

Marco pisca e não quer se lembrar.

O soco do irmão tem o som seco, de galho rachado.

A mãe está caída no assoalho, depois de ter rolado sobre a mesa de centro. Ela se ergue com a mão na têmpora vermelha, já inchando, e olha pra Cláudio com medo. Depois se vira pra Marco. Olha de um modo tão perfurante para o filho do meio que ele, quatro décadas mais tarde, baixa o rosto. Mas a cena está ali, na sua cabeça, e mesmo se fechar os olhos vai ver.

— *Vocês...* — o dedo apontava na direção deles e tremia. — *Vocês...*

Odete puxou a filha pelo braço, estalou as juntas da criança, ambas choravam quando saíram pelo portãozinho. Cláudio ainda tentou sorrir para o irmão, como tenta agora. Depois, fingiu interesse na TV, cruzou os braços atrás da cabeça, mas o corpo todo tremia, não conseguia parar quieto. Abriu a mão direita e observou os dedos inchados.

— Foi só uma brincadeira — ele disse.

Naquele dia, esperaram e esperaram. Nunca tinham ficado tanto tempo sozinhos. E nunca se comportaram tão bem, os dois em silêncio, vendo os mais estúpidos programas conforme a manhã se transformava em tarde.

Era sábado, Marco fez sanduíches e Cláudio comeu sem reclamar.

— Não era pra ter ficado assim tão brava — ele disse, entre mastigações. Olharam o relógio da cozinha, três da tarde, pensaram em ligar para o pai, Cláudio achou melhor não. Disse que a mãe estava fazendo chantagem pra que eles se sentissem mal.

— Daqui a pouco ela volta.

Marco o encarou, a comida estava grudada na parede da garganta. Ele se lembra de ter perguntado:

— E se ela foi na polícia?

Era evidente que a mãe tinha visto as vergastadas negras na barriga de Joana. Foram ingênuos, acharam que não iam deixar marcas na irmã.

Cláudio subiu e se fechou no quarto. No fim da tarde, como se Marco tivesse previsto, foram visitados por policiais. O primogênito pediu que o irmão atendesse e se refugiou na cozinha. A campainha tocou de novo. Marco abriu a porta da sala e olhou os homens esperando mais adiante no portãozinho, enquanto o mais velho sumia pelos fundos, para o quintal interno. Cláudio, sentado no sofá nessa madrugada podre, ergue o rosto e o encara. Sim, ele talvez pensasse em fugir, o muro para o vizinho era alto, mas não intransponível.

— Cláudio — Marco diz.

— O quê?

A mesma expressão estranha no rosto do mais velho.

Marco abriu o portãozinho. Os policiais eram taciturnos e traziam consigo apenas a menina. Os olhos de Joana eram duas bolas saltadas.

Os garotos sabem. Cláudio não consegue sustentar o olhar e baixa a vista.

O interfone toca num estalido agudo.

5. OS VISITANTES

As cadeiras foram afastadas da cama. O paramédico de maca-cão azul e laranja passa entre os irmãos com um ar superior que os humilha. Marco tentou explicar que estão sendo mal compreendi-dos: não é que o pai estava confinado nem nada. É que saiu cor-rendo várias vezes, não parava no lugar, revirou a casa e quebrou vasos, como eles mesmos podem ver. Olhem só o estado lastimá-vel da casa. Os irmãos colocaram as cadeiras em volta da cama pra ajudar. E não, o pai não foi abandonado, não passou a noite intei-ra molhado, sem cuidados. Foi só naquele momento mesmo, quando Marco foi vê-lo na cama, porque ouviu um barulho estra-nho... ainda não tinha tido tempo de trocá-lo, mas ia trocar, é que os médicos, graças a Deus, apareceram antes.

Barulho? Você quer saber a que barulho eu me referia? Não, na verdade parecia vir do meu pai, mas era o vento lá fora. Está certo, agora papai está na cama combalido, precisa de ajuda pra tudo, eu mesmo já troquei ele essa noite, dei banho, esquen-tei uma sopa, que ele aliás não tomou. Mas vocês tinham que ver o que aconteceu antes. Foi uma loucura, né, Cláudio?

O irmão permanece calado, apoiado na porta do quarto de braços cruzados. Encara Marquinho com severidade, as narinas estão saltadas. O mais novo baixa os olhos e sorri com timidez, ou tenta sorrir. Sente que não é bem-vindo ali; tornou-se um inimigo, um pária. Depois, quando os técnicos se forem, ele vai tentar se explicar ao mais velho, justificar seus atos. Vai dizer que a aparência do médico não era das melhores. Estava suado, o macacão amassado, com aspecto sujo. Não, sujo não, ele precisa encontrar uma palavra melhor. Vai dizer, enfim, que o médico não tinha cara de médico. Não porque a cor de sua pele era um pouco mais escura, não é isso. Mas é que o outro, o motorista da ambulância, com barba grisalha e olhos azuis, parecia um doutor de plano sênior plus.

Confundiu o paramédico com o motorista, é verdade. Marco é uma pessoa que admite os erros. É que tem tanta coisa na cabeça nesse momento, tanta maldição do passado, insepulta, surgindo a cada passo que ele dá naquela casa, que está difícil conciliar a sanidade, pensar de forma clara. Mas tentou se corrigir, não tentou?

Ele até consegue prever a resposta do irmão. Cláudio vai ser duro, vai ser irônico, vai dizer que descobriu quem é o racista escroto da família.

— Mas eu não sou racista, Cláudio! Você sabe que não sou — ele dirá, enquanto o irmão ergue uma das sobrancelhas. É terrível estar numa situação em que Cláudio ocupa uma posição moral superior à sua.

— Não posso ser crucificado por conta disso — Marquinho vai dizer, e vai nomear os amigos pretos com quem estudou na faculdade e os colegas pretos do trabalho, ele pode passar o dia inteiro provando a Cláudio que não é racista, muito pelo contrário: é antirracista.

Se o irmão ainda não estiver convencido, e Marco sabe que

não estará, ele vai lutar, vai explicar com calma tudo o que aconteceu. Mas não agora, não entre os técnicos, não com aquela pressão que está sentindo no peito, que se compara à força que o esmaga quando Soraya, a diretora, é incisiva com ele. Marco sente que o melhor é sair do quarto do pai, deixá-lo em mãos mais experientes. Sim, vai recuar, mas é um recuo estratégico, pra reagrupar o pensamento e se acalmar. Pergunta se alguém ali quer um café, a voz sai desafinada e incerta. O motorista grisalho, sentado numa das cadeiras, diz que sim e agradece. O paramédico preto, que examina o pai na cama, não responde. Marco pensa em insistir, mas Cláudio, ainda escorado na porta, faz sinal para que ele suma dali.

Ele se arrasta pelo corredor e vai à cozinha. Testa o interruptor de forma inútil, sabe que a luz não funciona. Sozinho no espaço abafado, as lembranças se elevam de novo. Não só do erro recente, mas de todos os erros que cometeu. Sobem da várzea como mosquitos, Marco move a mão diante do rosto para afastá-los e a garganta trava. Não, ele pensa, tem de se concentrar. Uma coisa de cada vez.

Se agacha, abre o armário embaixo da pia e vasculha as panelas, encontra uma leiteira. Ele se lembra do que a mãe o chamou naquela manhã distante. Ele lembra que ela arfava com a mão no rosto inchado. A mesinha de centro, em sua lembrança, estava com o tampo de pedra trincado, Odete caiu sobre ela e rolou ao chão. Mas não, não agora, ele pode guardar para depois essa conversa consigo mesmo. Não, não agora. Marco se levanta, abre a torneira e enche a leiteira, põe a água pra esquentar, depois tem dificuldade de encontrar o bule e o coador na penumbra. Não, não agora. A mãe abriu a boca para gritar e apontou pra ele.

Os utensílios estão no alto, entre os potes de arroz e feijão. É um bule azul de ferro esmaltado antigo, e o porta-filtros é de plástico vermelho. Ele abre os armários em busca do pó do café, mas não consegue se concentrar nas ações, não com a mãe apontando o dedo pra ele, não com Joana chorando ao pé da escada, pedindo que a mãe não a deixe ali, sozinha com eles.

Os irmãos.

Abre a mesma prateleira diversas vezes e não sabe mais o que procura. Esqueça a mãe. O professor assistente de estudos coloniais, por exemplo, pode ser considerado preto, e Marco se dá bem com ele. O mesmo pode ser dito do menino de TI que instalou o wi-fi na quitinete, recomendado por um dos diretores do curso. E os alunos, ele se esqueceu dos alunos. Dentre os duzentos em suas turmas on-line, tem certeza de que cinco ou seis são pretos, vários são pardos, e Marco tem orgulho de dizer que não os trata de forma diferente dos demais. Perde bastante tempo assim, montando na cabeça sua lista de conhecidos, refazendo o encontro com o paramédico e o motorista. É quase um alívio, antes que o dedo acusatório faça uma sombra sobre ele, e a mãe finalmente diga:

— *Covarde.*

Marco cruza os braços, se curva e fecha os olhos, as lembranças incham e arrebentam as paredes dentro dele. A água começa a ferver, ele tenta se concentrar no presente. Coloca o bule azul na pia, equilibra o suporte vermelho sobre o bule e encaixa o filtro de papel. Marco sabe fazer café.

— *Covarde!*

É uma das poucas coisas que faz bem na cozinha, pelo menos é o que gosta de pensar. Procura xícaras sobre o aparador, pega duas delas, em seguida os pires, e os ajeita ao lado do bule. Decide corrigir parte dos erros com um bom café, as lembranças vão ficar quietas por um momento e, depois do café, com as ideias no lugar, ele pode voltar a elas. Despeja a água fervente sobre o filtro para escaldar o bule, depois vai escaldar as xícaras também. Vê a água cair sobre o cone de papel, uma das suas abas se enruga, ele tenta ajustá-la com o dedo, a gaze atrapalha, o suporte de plástico roda na boca do bule e emborca sobre ele.

— *Ai!*

Ele salta pra trás, sente a barriga queimar, ergue a camiseta molhada e parte da pele abaixo do umbigo sai junto com ela.

— Ai! *Ai!*

O bule quica no chão, fazendo barulho de sinos de catedral. Marco abre a boca em desespero, olha a carne rosada e lustrosa, os rasgos de pele enrugada, bolhas começam a se formar.

— A-a-ai!

Ele encosta a ponta do dedo na carne viva, chia. A dor começa a brotar numa pulsação ampla. Abre a geladeira e procura a manteiga. Estava empedrada antes, agora começou a amolecer. Enfia dois dedos na barra e leva o naco à barriga, espalha na área queimada, sai mais pele com seus movimentos. Ouve algo no corredor e ergue o rosto, lá está o irmão de braços cruzados.

— E o café? — ele diz, depois olha a barriga de Marco. — Que caralho de merda você fez aí?

— Foi o filtro… — ele diz, apontando a pia, onde restaram apenas a leiteira e as xícaras.

— Você pode pedir pro motorista ver isso aí — diz Cláudio, indicando a queimadura com um sorriso irônico.

— Porra, Cláudio, ainda essa história…

Marco segura a camiseta pelas pontas, tem receio de cobrir o ferimento. O mais velho prossegue:

— Não terminou, viu? O seu Abel está lá, contando tudo, respondendo às perguntas como se nunca tivesse sido surdo.

— Contando o quê? — diz Marco, e volta a olhar a barriga. A manteiga escorre devagar, se acumula no elástico do short.

— Que a gente escondeu os remédios dele, que não deixamos ele sair do quarto…

— E você não disse nada?

Cláudio franze o queixo e ergue as sobrancelhas, como se a culpa não fosse dele.

— Acho que depois vão querer falar com você.

Marco suspira e comprime os olhos. A dor vem em ondas mais fortes.

— Precisa de ajuda?

— Não, Cláudio, eu resolvo aqui — diz o mais novo, com a voz pesarosa. Cláudio concorda, mas não terminou. Aponta na direção do peito dele.

— Depois você vai me pagar uma camiseta nova.

O irmão fecha os olhos, solta o ar. Espera o mais velho sair, ouve seus passos, escuta uma conversa rápida entre ele e o motorista, vinda da sala. Parece que está dizendo que o café já está saindo.

Marco raspa os dentes com raiva, decide refazer o café. Rasga três folhas de papel-toalha e os ajeita entre a barriga amanteigada e a camiseta. Ferve mais água, dessa vez não vai escaldar nada. Apoia de novo o suporte vermelho no filtro, despeja três colheres de pó de café, o suporte se desequilibra e cai, espalhando o pó no chão imundo. Está quase chorando ao colocar o suporte pela terceira vez em cima do bule. Faz o procedimento com bastante cuidado, mantendo a barriga distante da pia. O café fica morno e fraco, a xícara está trincada, a barriga dói, dói muito, vai precisar ver aquilo. Se há um lado bom em tudo isso, não há um lado bom em nada disso, ele está na merda, mas se houvesse, deve admitir que pelo menos as lembranças foram suplantadas pela dor.

Covarde. Fecha a cara e leva a primeira xícara até a sala. Covarde. O motorista está esparramado no sofá e vê um vídeo no celular com um meio-sorriso, pelos sons repetitivos Marco se pergunta se está num canal pornô. Pegou uma vez seu filho assim, de cueca na cama. Ficou horrorizado, Alex era peludo e calçava 41 mas era ainda seu bebê, certamente não tinha idade para aquilo. Pior, o garoto fechou a tela sem muito alarde, como se não tivesse se surpreendido com a chegada do pai.

— O que você estava vendo?

— Nada.

Marco não sabia como o filho tinha aprendido a acessar aquilo, a se *interessar* por aquilo, só podia ter sido na escola, com os garotos toscos das outras famílias. Ele se considera um pai humanista, capaz de tratar os filhos como adultos, como companheiros, mas tem seus limites. A coisificação do corpo e tal. Foi Denise quem falou com o filho, ela curiosamente não parecia tão chocada quanto Marco, mas aquela foi uma conversa que o casal não perseguiu, como tantos outros assuntos que deixaram de abordar nos seus anos juntos.

A filha, fale da filha.

— Aqui está — ele diz, e entrega a xícara ao motorista, que se endireita e arranca a máscara.

— Quentinho — diz o homem, feliz.

Não, não está muito quentinho.

Fale da filha. Fale das automutilações.

O paramédico surge do corredor com uma prancheta debaixo do braço. Olha os irmãos.

— Quem é o responsável por esse senhor? — ele diz, a voz firme e abafada por trás da máscara.

— Ele — diz o primogênito, apontando o mais novo.

— Quero ter uma palavrinha com o senhor.

Rumam para a sala de TV, Marco indica ao paramédico que se sente na poltrona do velho. Pega o banquinho estofado e franze o rosto de dor ao sentar-se de frente pra ele.

— O senhor tem a lista de medicamentos que ele toma?

— Eu? Bem, os remédios estão na cestinha no...

— Mas o senhor tem a lista, pra saber o que ele toma e o que não?

— Sim… a esposa, ela… deixou na geladeira.

— Traga aqui, por favor.

Marco se vira pra chamar Cláudio, o primogênito está carrancudo, apoiado na soleira do corredor. Não precisa repetir o que o paramédico disse, todos ali puderam ouvi-lo com bastante clareza. Cláudio some em direção à cozinha.

— Sobre ele estar molhado… — começa Marco, mas é interrompido.

— Agora não, por favor — diz o paramédico, e se apruma na cadeira quando Cláudio reaparece, papelzinho na mão.

— Aqui, doutor — ele diz, e se afasta de novo.

O paramédico o examina. Vira o papel, lê, vira-o de novo, atento a cada item.

— Vou ser claro, senhor…

— Marco.

— Sr. Marco. O paciente me disse que vocês lhe negaram seus remédios.

— Não é que negamos… eu… — ele se vira e procura Cláudio, mas o irmão se deslocou para uma das poltronas e finge estar atento ao celular. — Eu… ele… era… um remédio que ele não poderia usar…

— O senhor se lembra o nome?

— Alprazolam. Ele está viciado em Alprazolam. Não é isso, Cláudio? — ele diz e olha o irmão na outra sala.

— Está na lista, senhor — diz o médico, lhe entregando o papel. Marco o pega e não enxerga nada, os olhos estão embaçados, a luz é fraca. Ele apalpa instintivamente o peito da camiseta, à procura dos óculos, mas não estão ali. O médico prossegue: — Como o senhor pode concluir que seu pai está usando os medicamentos errados se não viu a lista?

— É que ele toma em grandes quantidades, doutor...

— O senhor é médico?

— Não, senhor.

— O senhor costuma conversar com o médico dele sobre isso?

— Eu? Com o dr. Murtinho?

— Isso.

— Não, senhor.

— Então o senhor talvez devesse apenas seguir as prescrições — diz o paramédico, e puxa uma caneta do bolso, clica na parte traseira, a mola projeta a ponta para fora.

O médico apoia a prancheta nos joelhos e examina os formulários, não deixa claro o que pretende fazer, e Marco tem vergonha de perguntar. Está num sonho, nos mesmos sonhos de terror da infância. O homem faz algumas anotações, balança a cabeça contrariado, passa para a outra página, tica uma série de quadradinhos, preenche outras linhas com seus garranchos. Marco leva de novo a mão ao bolso da camiseta, não tem ideia do que fez com os óculos de leitura. Estavam na sua outra camisa, que ficou cheia de sangue. Ou... não, estavam na primeira camisa, que ele colocou na máquina... uma nova onda gelada sobe pelo peito. Deve ser isso, ele pensa, essa ansiedade, que os executivos com alto nível de estresse têm. Deve ser isso o que nos mata de infarto. Essas ondas geladas, esses achatamentos do peito. Infarto ou úlcera, ele não se sente confortável com nenhuma das opções, e as ondas geladas continuam a bater, agridem suas partes moles.

Marco olha de novo para a sala, de modo impensado. Busca o irmão como um apoio, como alguém da família que está lá por ele, mas sabe que é um erro. Ninguém está lá por ele; estão todos *contra* ele. Até o avô, ou o quadro do avô, ou o que restou do avô.

Até a mãe.

O paramédico faz anotações finais e lhe passa a prancheta e a caneta. Marco tenta identificar as letrinhas, não compreende o que está escrito, mas não ousa erguer os olhos para o médico nem pedir que explique.

— Aqui?

— Aqui, aqui e aqui — responde o técnico, passando pelas folhas. — Assinatura, data e nome legível.

A caneta não funciona, Marco faz força e quase rasga o papel. Comprime os olhos, a garganta se fecha de novo, a onda gelada roça o céu da boca, mas ele não vai chorar na frente de todo mundo, não vai. Entrega de volta a prancheta, o médico confere as assinaturas, pede a caneta. Marco finalmente toma coragem e pergunta:

— É um laudo?

— Autorização de cobrança.

O paramédico se levanta e pergunta onde é o banheiro. Marco se ergue e aponta para o corredor de entrada, depois se lembra do porta-sabonete quebrado na pia. Dá alguns passos no encalço do médico, pensa em chamá-lo mas desiste. Não vai tentar se defender ou se justificar, a guerra está perdida, ele quer apenas que o pesadelo termine. Quer um pouco de sossego. Voltar à quitinete, tomar um banho longo e quente, deitar um pouco...

Dentro de poucas horas a reunião o aguarda.

Tem uma tremedeira e busca os outros. O motorista voltou a mexer no celular e boceja. Cláudio, na poltrona, está com seu aparelho nas mãos, finge que digita mas na verdade está de olho no corredor da entrada. Assim que o paramédico tranca a porta do lavabo, ele coloca o celular na mesinha lateral e encara o motorista no sofá.

— Ei.

O motorista ergue os olhos para o primogênito. Faz um gesto com o queixo, perguntando o que ele quer. Cláudio diz:

— Vocês não vão internar ele, não?

O motorista abre um sorriso de dentes muito brancos.

— Não, né? — ele diz.

— Como assim, não? — diz Cláudio, indignado. — Olha só a situação do cara, olha a bagunça — e faz um gesto na direção da sala.

O motorista concorda, o sorriso é o mesmo.

— Da próxima vez, é melhor vocês quebrarem o fêmur dele.

Cláudio ergue as sobrancelhas e faz um biquinho de surpresa. Vai responder, mas ouve a descarga e se apruma na poltrona. Esperam mais um momento, ouvem a torneira, depois a porta é destrancada. O médico volta à sala e vai até o sofá, onde deixou a valise.

— Você deve limpar a pia do banheiro — ele diz, e olha as mãos enfaixadas de Marco. — Antes que outras pessoas se machuquem.

— Sim, doutor.

— E quero que você ligue logo pela manhã pro médico dele.

— Sim, senhor doutor.

O paramédico fica em silêncio, obriga Marquinho a olhar diretamente em seus olhos. Ao menino, só resta obedecer. A testa do médico está brilhante, os olhos são fundos e duros. Ele diz:

— E não quero mais isso.

— Isso o quê?

Ele abre a mão pela casa, sem tirar os olhos dele.

— Isso.

Pega a valise e sai. O motorista se ergue, ajeita o macacão na virilha e agradece o café. Puxa a máscara do bolso e segue o paramédico. Cláudio os acompanha até a entrada. Marco ouve o som da porta sendo batida e do molho de chaves girando na fechadura. Dá três passos largos até o sofá e desaba, esfrega os olhos, solta um longo suspiro de cansaço e dor. Ergue a ponta da camiseta, franze a boca ao ver o papel-toalha engordurado se desfazendo sobre a ferida. Comprime os olhos, solta um gemido preso há centenas de milhares de anos na garganta. Sua vontade nesse momento é involuir até o estágio anfíbio e voltar para a poça primordial. Maior erro dos homens, sair da poça.

Cláudio vem do corredor de entrada e se senta na poltrona, ajeita os cabelos. Respira fundo, cruza as pernas e pega o celular da mesinha sem dizer uma palavra. Abre telas, digita coisas, deve estar respondendo mensagens ou comprando ações da puta que o pariu. Diz, sem se virar:

— Você não devia deixar fazerem isso com você.

A espinha de Marco estala, ele vira o pescoço e encara o irmão.

— Como é que é?

— O cara montou em cima, você não podia ter deixado.

Marco solta uma risada curta de raiva.

— E você? Ele não montou em cima de você, também?

— De mim, não — ele diz, sem tirar os olhos do celular. — Eu nunca deixaria ele fazer uma coisa dessas comigo.

Ouvem um resmungo rouco, Marco olha na direção do corredor. Espera, o resmungo se confunde com a chuva, amena nesse momento. Depois volta mais forte. É como se o pai brigasse com alguém. Ele se vira para Cláudio, o irmão está de novo no celular.

— Você não está ouvindo? — ele pergunta.

— O quê — diz o primogênito. Está claro que ouviu, mas não parece que vai largar o aparelho.

— O mundo está caindo e você não se importa, né?

Ele digita mais algumas coisas.

— Não.

Os ruídos no quarto aumentam. Há resmungos, o velho está reclamando.

— Porra, Cláudio. Me espanta que você não mova um dedo.

O irmão não diz nada, Marco prossegue:

— Depois de tudo o que aconteceu aqui. Você devia pelo menos sentir *um pouco* de culpa.

O mais velho suspira.

— Caguei.

— Como?

— Caguei pra culpa.

Marco o encara, não foi treinado pra esse tipo de atitude. Puxa o ar pra dizer algo e se contém. Puxa o ar de novo, Cláudio o interrompe.

— Você não está fazendo nada — ele diz, e finalmente olha pra Marco. — Bem que podia ir lá dar uma olhada.

— Como?

Cláudio volta a mexer no celular. Diz:

— Vai lá que eu já vou.

Marco respira fundo, sente os membros formigarem.

— Enquanto você ficar aí ganhando dinheiro tá tudo bem, né?

Sem parar de digitar, Cláudio solta um sorrisinho. Marco suspira e salta do sofá, o corpo fraqueja.

— Sempre eu! *Sempre eu!*

Cruza a sala com passos duros, passa pelas cadeiras no corredor. O quarto continua na penumbra, o pai está sentado na cama, a cabeça baixa.

— O que foi agora? — pergunta Marco, agressivo.

— Arre... — diz Abel, e ergue o rosto. Ele pegou os óculos na mesinha de cabeceira e, mesmo com uma das lentes trincadas, seu aspecto parece bem melhor depois da visita médica. Marco não está só cansado; está também ofendido.

— É melhor o senhor descansar, papai.

— Cadê a sua mãe? — diz Abel, e Marco recua. Há rispidez na voz do pai. Um autoritarismo que o filho não detectava fazia tempo.

— A Celina? Ela não está, já te disse isso.

O velho franze os olhos. Está lúcido e, pior, parece ter compreendido o que Marco falou.

— Onde ela está?

— Na casa de... na casa de...

— Ela deixou alguma coisa pra comer? Falou que tinha deixado uma sopa — ele diz, e faz força nos braços, eles tremem, o velho se inclina pra frente. O filho tenta ajudá-lo, ele grunhe e bate em sua mão.

— Minha bengala — exige Abel.

Marco a procura pelo chão, entre as roupas jogadas, entre as cadeiras que ainda ficaram no quarto. O velho acompanha seus gestos e grunhe:

— Quem fez essa balbúrdia?

— Já acho a bengala, pai...

— Você veio aqui pra fazer *isso*?

Marco se abaixa e olha sob a cama. Ele se lembra de ver a bengala em algum lugar. O velho continua a grunhir, as pernas tremem.

— E a sopa?

— Uma coisa de cada vez, pai — ele diz, e vê o castão despontando de trás da cômoda. — Achei.

— Chame a Odete, por favor.

— Quem?

— Mande ela esquentar a sopa.

Marco se ergue, o rosto vermelho com o esforço.

— É a *Celina*, pai. A Celina não está aqui.

— Hein?

— Celina.

Ele rumina a informação e encara diretamente o filho.

— Minha irmã está aí, chame ela, então.

Marco se inclina atrás da cômoda e pega a bengala.

— Sua irmã já se foi, pai.

— Chame ela. Deve estar na cozinha.

— Ela faleceu.

— Hein?

— Uns trinta anos atrás.

Irmã fascista filha da puta, em algum lugar da casa há fotos dela com a camisa verde e a saia branca. O filho lhe estende a bengala, Abel a puxa com raiva.

— Olha essa bagunça — ele diz, afastando as roupas com a ponta emborrachada.

Marquinho passa por ele, atravessa o corredor e, antes de entrar na cozinha, espia a sala. O irmão tirou os tênis e está dormindo de novo. Marco range o maxilar, sente a raiva pressionar a angústia, que pressiona a ansiedade, que esmaga o peito. Sempre sobra pra ele. Sempre, sempre. A vida inteira.

— Eita! — diz o pai, surgindo do quarto. Respira fundo antes de dar o próximo passo, o filho vai à cozinha pra não ter de ajudá-lo.

— Quer sopa? Vai ter sopa — ele diz, e passa o antebraço nos olhos molhados. Olha a panela com a crosta queimada. Fazia tempo que não sentia raiva, essa raiva pura, que parece destacá-lo da realidade, colocá-lo num picadeiro onde todos fazem pouco dele.

— Odeeeete!

Marquinho solta um guincho de rato, vai à geladeira, abre a porta, se agacha, puxa o gaveteiro de legumes, esmaga e bate nos sacos, encontra alho-poró e um pedaço de abóbora. Ele se lembra de que empilhou alguns legumes na bancada e se ergue, lá estão as batatas, a abobrinha e a cenoura, o frasco roxo de limpa tudo e os frios.

Velho filho da puta. Ele xinga e sente vergonha, os familiares o observam.

— *Fraquinho*.

Tramam entre si, preparam a festa. Vão querer mais que uma simples sopa. E o irmão não toma sopa, ele tem de se lembrar disso. Precisa preparar um prato que todos possam comer. Ele quer todos sentados à mesa, contentes e saciados.

— *Covarde*.

Ergue a cabeça à procura da mãe. Se estiver lá, deveria defendê-lo, e não se associar aos monstros. Ela não gostava da família, era hostilizada pelas irmãs velhas de Abel. Não é justo.

Separa cinco batatas, uma cai no chão mas ele não se preocupa em se agachar. Coloca as batatas na panela, pega duas cenouras e o alho-poró. Vai ter de lavá-los, depois cortá-los. É um trabalho grandioso, intransponível, ele não se sente apto a fazê-lo. O pai parece conversar no corredor, sua voz cada vez mais próxima. Conversa e ri, está cercado de amigos.

— Sim… logo, logo, vamos sair.

Marco aperta os olhos com mais raiva, respira fundo. Põe a panela debaixo da torneira e abre. Vai ferver tudo, é um bom começo.

Ouve os chinelos arrastados, Abel aparece na porta e o observa. Sorri com a boca brilhante.

— Só tome cuidado pra ficar bem batidinho, viu?

O menino balança a cabeça e aguarda o pai sumir para a sala. Espera ver mais alguém com ele, é claro que o velho está sozinho, que bobagem. Passa o antebraço na testa suada, olha o relógio de ponteiro acima da porta, está parado nas seis e quarenta.

148

Faz três tentativas de acender o fogão, até que consegue. A água está transbordando na panela. O suor descola as ataduras da mão, a barriga arde ao raspar na camiseta. Seus olhos embaçam de novo, ele os enxuga com brusquidão. Raiva, raiva. Precisa de um descascador de legumes. Não faz ideia de onde Celina guarda os utensílios de cozinha. Abre as gavetas mais próximas da pia, puxa colheres de pau, espátulas, se engancha num espeto de carne, xinga, a atadura se desfaz. Bate a gaveta, mas a gaveta não fecha, atravancada com uma peneira.

Marco se apoia na pia e fecha os olhos, começa a chorar. É um choro seco, feito de engulhos e travadas. Chora assim por alguns minutos, espera que alguém o console na cozinha deserta. Aos poucos, se acalma e funga, abre os olhos e encara a pia. Não está mais só.

Algo se mexe, ele escuta o som de coisas batendo, como se vasculhassem a bancada cheia.

Ouve chinelos atrás de si.

— Aqui, querido — diz a tia.

Ele abre a tampa do limpa tudo que a velha lhe deu e sente o cheiro de amoníaco floral. Os mortos são tão insensíveis.

6. JOANA

Amanhece na estrada e Joana dirige ao encontro de uma premonição. A mulher pequena, de cabelos pretos e olheiras, reduz a velocidade ao se aproximar do pedágio, ao mesmo tempo em que procura a carteira dentro da bolsa, largada no assento do passageiro. Um caminhão zune por ela pela direita, em direção às cancelas automáticas, e a Sandero branca sacode, ela se assusta e aperta a direção. Não está acostumada com o carro nem a viajar sozinha, mas o sonho na madrugada a impeliu a partir.

A mãe usava uma saia lisa preta e camiseta branca. Os cabelos grisalhos estavam presos num coque, o rosto lavado. As duas passeavam por estruturas de metal enferrujado em meio a um turbilhão de água, a espuma branca formava cortinas ao redor das passarelas instáveis, não se via nada além delas. Era como se estivessem nas cataratas do Iguaçu, ou algo assim; ela nunca tinha sonhado com a mãe naquele ambiente. Joana era uma menina, ao mesmo tempo adulta. Não se davam as mãos, Odete age sempre de modo frio e distante, e, no sonho, dava para perceber que estava impaciente. Seus olhos desceram e se fixaram nos da menina, olhos pretos e opacos. Joana entendeu que tinha de ficar ali e esperar. A mãe ia pegar os meninos em algum lugar não especificado, e não estava claro se ia levá-los numa viagem ou cachoeira abaixo. A cachoeira não tinha fundo, Joana teve medo de ser levada com eles para dentro daquele buraco na terra. Sozinha, a menina saía à procura da família, a passarela tremia sob os pés, ela ficava com receio de cair. Subia escadas, saltava sobre trechos desmoronados, chamava pelos outros; o aguaceiro escorria pelo buraco e a chamava.

O corpo pesado de Jacqueline se revirou na cama quando Joana se levantou. Eram quatro e catorze da madrugada, ela não precisava olhar as horas para saber. Quando sonhava com a mãe, acordava sempre naquela hora. No começo da relação, quando isso acontecia, a esposa fazia piada; não podia crer que Joana sonhasse com um fantasma e que o fantasma lhe transmitisse mensagens. Jacqueline é cética, tem os pés fincados no chão. Estudou em colégio católico e tem ódio aos católicos. Aceita os incensos e essências que a vizinha fabrica, mas eles se acumulam no armarinho do banheiro, e é Joana quem os usa, quando lembra.

Depois a esposa chegou a ficar ofendida com os tais hábitos noturnos, achava que Joana fazia de propósito, que ajustava o despertador escondida para provocá-la. Como o humor de Joana não permite esse tipo de brincadeira — Joana aliás não tem quase nenhum senso de humor —, Jacqueline passou a supor que fosse algum tipo de mania. A seguir, criou toda uma hipótese baseada nos ritmos circadianos para explicar o comportamento por meio da ciência. Passados os anos, desistiu de buscar os motivos, da mesma forma como não se importa quando pega Joana lendo o horóscopo ou fazendo promessas para uma entidade superior. Hoje, nas vezes em que acorda junto com ela, é com um misto de cansaço e aborrecimento.

Joana se trancou no banheiro, usou a privada, lavou as mãos e o rosto no escuro, viu no espelho seu vulto indistinto. Retornou ao quarto, caminhou na ponta dos pés até o armário, abriu a porta com cuidado, mas ela, como sempre, rangeu. Quanto mais devagar Joana a afastava, com mais determinação a porta rangia.

O corpo se revolveu na cama, estalou os lábios e soltou o ar pelas narinas entupidas. Joana prendeu a respiração e esperou que reclamasse, que se virasse mais uma vez, mas não, Jacqueline deu uma última fungada e permaneceu imóvel. Joana esperou e esperou. Como não havia mais nenhum ruído, curvou-se sobre as gavetas e abriu a primeira.

— O que tu tá fazendo?

— Acho que eu tô indo — Joana respondeu, e se virou para a cama.

A mulher suspirou e rolou para o outro lado. Joana se voltou de novo para o armário, separou as calcinhas, pegou um pijama por via das dúvidas. Escolheu o vestido que ia usar e o estendeu no canto da cama. Abriu outras gavetas, buscou a mochila, tentou ser rápida, agora que não precisava mais de silêncio.

— É uma loucura sair agora, Joana.

Ela a chama assim quando fica irritada. Joana pegou uma saia do cabide e começou a dobrá-la.

— Você tá impressionada — persistiu Jackie. — Espera amanhecer.

Joana não respondeu. Colocou a saia na mochila, procurou uma blusa. A madrasta havia mandado uma mensagem tarde da noite. Elas estavam na cama, Joana com um livro policial e Jackie de costas para a luz do abajur, quando o celular vibrou com a mensagem.

Querida, estou preocupada com seu pai.

Joana digitou de volta para Celina, depois escreveu a Marquinho. Soube que Cláudio estava com ele, o que a deixou mais preocupada. Demorou a dormir e, quando dormiu, a mãe apareceu. Teve então certeza de que deveria partir.

Não é que sonhe tanto assim com Odete. Pra falar a verdade, via a mãe com mais frequência quando era mais nova. Em suas lembranças, sonho e realidade se confundem, e ela retém determinadas imagens de que a mãe está lá, *fisicamente* ao seu lado, apesar de saber que, na época dos acontecimentos, ela já havia partido.

Depois da adolescência, as aparições ficaram mais esparsas. Hoje são como as enxaquecas da esposa: às vezes, acontecem toda semana; às vezes, levam dois ou três meses para voltar.

Chegou a descrever alguns sonhos a Jacqueline. A esposa até que se esforçava para prestar atenção, franzia a testa e balançava a cabeça, buscava interpretar uma ou outra imagem, mas logo perdia o interesse. Joana parou depois do que aconteceu da última vez. Tinha tido um sonho especialmente confuso, que prenunciava um problema futuro. Temia que o problema estivesse relacionado ao trabalho de Jacqueline e se esforçou em esmiuçar todas as cenas do sonho para a mulher. Saiu de casa cedo, passou o dia na loja de Itaipava. Quando voltou ao sítio, Jackie e suas funcionárias estavam no mesão de trabalho nos fundos da casa, o mesmo mesão que agora está atulhado de vasos e jornais velhos. Era uma daquelas intermináveis reuniões de logística e elas tergiversavam, como sempre. Falavam de coisas que as irritavam. De conversas insuportáveis; de pessoas sem noção, que juntavam amigos para mostrar fotos de viagem, que falavam da escola dos filhos. Jackie soltou essa:

— Não tem nada mais chato do que quando te contam os sonhos.

A mulher provavelmente não se lembra disso, mas Joana sim. E sabe que o sonho estava certo.

Ainda no escuro, fechou a mochila com as roupas, saiu do

quarto com cuidado e foi para a cozinha. A madrugada lá fora ainda era escura, ligou o fogão e pôs água para ferver. A mulher apareceu na soleira, ainda com a camiseta esgarçada que usa de pijama.

— Tu é teimosa, mesmo.

Jacqueline é um pouco autoritária, se enerva quando as pessoas não seguem suas recomendações. Antes era pior, gritava, achava que podia ter o controle de tudo. Na época em que era diretora da Casa da Colheita, parecia prestes a ter um derrame quando achava que as funcionárias estavam fazendo algo de errado, ou que cortavam etapas dos processos para trabalhar menos. Xingava, batia na mesa, as meninas ficavam que nem baratas tontas entre os caixotes. Depois, não satisfeita, descontava em Joana. Vivia ansiosa, assoberbada.

— A gente tem que fazer tudo sozinha.

Hoje Joana gostaria de acreditar que Jackie está melhor, que começou a superar o trauma, mas não é verdade. Está apenas mais calada, guardando as coisas para si. Já se vão cinco anos desde o escândalo com a Casa da Colheita, e esse é um assunto sobre o qual elas ainda não podem conversar. A mulher se move como um urso pela casa quando está amuada, tem longas insônias, passa muito tempo na frente da TV, às vezes bebe um pouquinho demais. Sempre se viu como a provedora, como a *responsável*, mas agora tem de engolir o fato de que é Joana quem paga a maior parte das contas do sítio.

— Você volta pro fim de semana? — ela quis saber.

— Acho que sim — respondeu Joana, e sabia o motivo da pergunta. Queria saber quem ia abrir a loja de Itaipava se ela não chegasse a tempo de receber os turistas.

Jacqueline não confia na assistente de Joana, acha a menina uma boba, uma incompetente, semianalfabeta, mal esconde os ciúmes e o rancor. Antes, tinha quinze funcionárias, podia se impor a elas, dar bronca e ser admirada. Agora está sozinha, só ela e o advogado, que cuida dos processos trabalhistas. A solidão a deixa ainda mais ciumenta, mais incapaz de dividir Joana com outras pessoas.

Estar com Jacqueline é como pisar em pedras soltas no fundo de um rio.

Se ela acha que Joana lhe dá menos atenção que o esperado, pode se tornar violenta. Tenta então buscar algo que machuque, vasculha fundo nos problemas mal resolvidos da esposa. O alvo costuma ser sua família.

— Teu pai era cupincha da ditadura, querida — ela pode dizer num almoço com outras pessoas, no exato momento em que se faz o silêncio. Depois vai se arrepender, vai se sentir um lixo e vagar pelos cômodos da casa. Vai beber e ficar chorosa. Quando pedir desculpas, *se* pedir desculpas, as palavras vão sair pela metade.

Joana lhe contou algumas coisas da infância, não todas. Não contou que Cláudio colocava Pinho Sol na ração de Mandy, sua cadelinha vira-lata. Nem que ele e Marquinho deram um sumiço nela quando se mudaram para o apartamento do pai. Nunca admitiram, mas ela *sabe*. A mãe lhe mostrou num sonho.

Os irmãos são assim. Um dissimula, o outro é vingativo. Jackie não os conhece muito bem, graças a Deus. Seria capaz de enfiar a mão na cara de Cláudio se ouvisse cinco minutos das suas ofensas. Já brigou antes, deu um murro no Celsinho, o ex-contador, quando ele insinuou que havia algo de errado nas notas. Não ameaçou nem nada; apenas se levantou da mesa, foi até ele e acertou o punho fechado no seu olho. Jackie fez quatro anos de muay thai quando era mais nova, parou depois de estourar o joelho, mas ainda sabe bater.

Depois se arrependeu, os dedos incharam, chorou de raiva quando estavam sozinhas. Celsinho se desligou da Casa da Colheita e jamais recebeu um pedido de desculpas. Seu processo é um dos que ainda correm na Justiça.

Nunca ameaçou bater nela; Joana não sabe o que faria se isso acontecesse. Jackie lhe reserva apenas os insultos. Sabe que Joana não gosta de falar em público de suas origens, então capricha nos comentários.

— A família da Jô devia ajudar nos apoios. Ganhou uma grana surreal na ditadura.

— Não é bem assim, Jackie — Joana responde, de forma quase automática. Não adianta retrucar, brigar, sair da sala pisando firme; Jacqueline fica ainda pior. O pai, a propósito, enriqueceu *depois* da ditadura, trabalhando pra figuras estranhíssimas. Mas Jackie não parece ver diferença entre uma coisa e outra; não *quer* ver a diferença. Depois se arrepende e chora, pede perdão. Joana lhe diz:

— Não sei como você continua comigo. Eu também sou uma Soares Lobo.

— Mas você fugiu, Jô.

Tinha trinta e seis anos quando Jackie a conheceu, numas férias de julho. Se procurar, vai encontrar as fotos. A luz do fim de tarde era fria e iluminava o fundo dos olhos escuros de Joana. Os dentes pequenos e redondos num meio-sorriso, os cabelos emaranhados pretos na altura dos ombros. Um vestidinho claro com os braços à mostra, os pés descalços na grama, não havia ninguém como ela debaixo do sol, e Jackie a amava.

Joana gosta de pensar que a relação entre elas era mais leve. Gosta de pensar que ainda podem voltar ao que eram antes, quando não havia escândalos nem crises; quando tinham amigos e um projeto de vida.

Jacqueline era dinâmica, unia produtores locais, puxava as feiras da cooperativa. Queria fazer tudo à sua maneira, combateu o que chamava de burocracias paralisantes, perdia a paciência quando as coisas não eram resolvidas com a rapidez que ela demandava. Foi dela a ideia da Casa da Colheita, uma iniciativa que usava a capilaridade das escolas públicas para distribuir alimentos orgânicos pelas comunidades do Rio de Janeiro. Foi com seu empenho que a ONG cresceu, expandiu-se pelo estado e ganhou apoio do governo federal. Jackie fez planos. Seu círculo de assessoras queria que concorresse a um cargo público, e ela chegou a levar a sugestão a sério.

A situação virou tão rápido.

A Casa não existe mais, sobraram as dívidas trabalhistas e os processos em instâncias superiores. Vez ou outra, o caso volta à tona, as agressões nas mídias sociais recomeçam.

— Filhos da puta. Nunca provaram nada — ela diz, e nessas noites Joana sabe que vai beber sozinha, de camiseta velha e bermuda de moletom, na frente da TV. Mas não adianta falar sobre isso.

Freia atrás de um caminhão, a essa hora da manhã esperava as pistas mais livres e fica insegura com o movimento na estrada. Tenta tomar a faixa da esquerda, mas um carro passa com rapidez e impede seu caminho. Jackie jura, e essa é sua linha de defesa contra as acusações de desvio de verbas, que talvez tenha havido certa ingenuidade por parte de sua equipe, e certa *falta de rigor*, mas não má-fé. Jura que ela, Jackie, não ficou com um centavo não contabilizado. Seu problema foi ter confiado demais nas pessoas.

A Sandero, no entanto. A Sandero, esse mesmo carro que Joana dirige agora. Comprada à vista, e Joana nunca perguntou de onde veio o dinheiro, se nunca sobrava nada para elas. Freia de novo, olha o retrovisor, outro caminhão cola atrás dela e chia, os faróis são olhos chapados pregados nela. Odeia esse trecho da entrada do Rio, seu pescoço está duro de tensão.

Jackie conheceu apenas um dos irmãos dela, o Marquinho,

160

num domingo na feira de orgânicos da Glória, três ou quatro anos atrás. É difícil precisar a data correta no meio da pandemia, cada dia se parece com o anterior. Ela se lembra de que aquela era a primeira tentativa que as duas faziam de se reaproximar dos antigos colaboradores. Desde a crise, Jackie nunca mais tinha cozinhado, e Joana via ali uma oportunidade de recomeçar, de se reconectar com a comunidade, ainda que aos poucos. Jackie no início se recusou. A humilhação de cozinhar num fogareiro precário, depois de tudo o que tinha feito. No fim, cedeu. Não era só uma reaproximação com a cooperativa, era também uma necessidade, e ambas sabiam disso. As reservas financeiras tinham ido embora com os processos, e a venda de produtos artesanais não era suficiente para bancar as contas do sítio em Secretário.

Na época, Marco ainda era casado com Denise. Não, não é exatamente isso. A mulher tinha terminado com ele um ano antes e saído de casa para morar com um colega do trabalho, ou até mesmo com seu chefe, Joana não se lembra muito bem, e o irmão não vai lhe contar nunca. Ele gagueja e transpira com a simples ideia de falar da traição.

Denise largou pra trás as crianças. Marco não conseguia fazer nada sozinho, Celina tinha de ir lá todo dia ver como estavam os filhos dele. A menina piorou muito nessa época, voltou a se cortar, e chegaram a pensar na possibilidade de internação. Foi a madrasta quem lhe contou, Marco tampouco fala disso. Denise por fim voltou, sob certas condições. Marquinho evita falar disso também. Evita falar de tudo: da filha, do casamento, daquele noivado interrompido. Da mãe. De tantas outras coisas das quais Joana não faz ideia.

O fato é que Joana e Jackie haviam montado uma barraca de falafel e brotos germinados e suavam debaixo do sol. Joana atendia, Jacqueline havia se enfiado nos fundos, diante da friteira, de costas para o público. Marco apareceu cheio de sacolas, examinou a bancada com o olhar enojado, curvou a boca de espanto e constrangimento ao descobrir a irmã do outro lado, aguardando que fizesse o pedido.

— Teu irmão fingiu que eu não existia — lembra-se Jackie. Ela nunca esquece as coisas. Não esquece nem perdoa.

— Não foi bem isso, Jackie.

Marquinho não conseguia disfarçar a surpresa. Ele olhava a plaquinha escrita com giz, olhava a irmã. Olhava a plaquinha.

— Essa é a Jackie — disse Joana, e a esposa se virou sorridente com a espátula oleosa na mão, o rosto vermelho suado. Os cabelos saíam por baixo da touca florida, a fritadeira chiava.

Marco continuou com aquele ar bobo dele, acenou com a cabeça como se tivesse sido apresentado à empregada e voltou a olhar a plaquinha.

— Você não estava... fazendo... fazendo... — disse ele ao erguer o rosto, mas não completou a frase. Ainda achava que Joana fabricava joias, mesmo depois de tantos anos, mesmo depois de acompanhar toda a história da Casa da Colheita pelos jornais. Mesmo depois do fatídico Natal. Depois de tudo, restava apenas um fato esmaecido, breve passagem do tempo, que Marquinho retivera da vida da irmã.

Não estava sozinho naquele dia. Denise veio da ruela tumultuada carregando outras sacolas. Óculos escuros enormes, cabelos louros presos num rabo de cavalo, braços gordinhos despontando da camiseta de ginástica. Vinha toda paramentada com traje de corrida, garrafinha num cinto de neoprene, shorts em formato de minissaia, tênis brilhante. Parou ao lado do marido, o rosto fechado, pronta a lhe dar uma bronca, como a uma criança que se perdeu na multidão. Notou a feição incomum de Marco e só então olhou a barraca. Ergueu o rosto, levou alguns segundos para reconhecer a cunhada e tirou os óculos, assustada.

— Casado com uma palhaça — diz Jacqueline. — Teve vergonha de me apresentar a ela.

Joana se lembra. Foram os sanduíches de falafel mais demorados de sua vida.

Olha o rádio do painel, pensa em sintonizar algo, mas não sabe mexer naquele troço, quem sabe é a esposa. Tem também um pouco de fome. Na madrugada, antes de partir, tomou café e comeu uma banana na mesinha da copa. Jacqueline passou sonolenta e bebeu um copo d'água apoiada na pia. Joana perguntou se poderia levar o pão que ela fez, na tentativa de ganhar um pouco de sua simpatia, e a mulher concordou, foi até as prateleiras dos fundos e voltou com papel-manteiga para fazer um bom embrulho.

— Tu pode levar as geleias também.

— A de jaboticaba? — falou Joana. Se ergueu e abriu o armário ao lado da geladeira.

— As que você quiser.

Pegou uma clara e uma escura, sem pensar muito. Jackie terminou de dar o nó no pão embrulhado, Joana agradeceu e colocou tudo numa sacola de pano. Estava aflita pra sair logo. A madrasta não costuma escrever, a não ser nos aniversários e outras datas comemorativas. Celina até que tentou reunir toda a família nos Natais, parou depois do que aconteceu da última vez. Fora isso, escreve quando precisa passar algum recado de Abel, ou avisá-la de uma nova complicação em sua saúde. Nos últimos vinte anos, o pai sempre esteve com algum tipo de doença fatal e sempre sobreviveu a elas. Joana se lembra de quando foi internado com um tumor no cólon e precisou passar por uma cirurgia de oito horas. Retiraram uns quinze centímetros do intestino, ou algo assim.

— Não viaja, Jô, quinze centímetros é muita coisa.

Depois o médico achou que seu coração não ia aguentar

uma nova cirurgia, mas aguentou. Ela se lembra de quando seus pulmões se encheram de líquido. Ou de quando teve uma parada cardíaca no raio X do aeroporto. De quando confundiu os remédios de diabetes e pressão, e as pernas incharam numa trombose. Ela se lembra, ela se lembra, ela se lembra.

Então o visitava, em casa ou no hospital. Podia cruzar com Marquinho, mas tomava as precauções para evitar Cláudio. O velho às vezes estava dormindo na cama, às vezes na poltrona. Às vezes parecia acordado, com a barba por fazer, e soltava monossílabos, se lamentava. Ele e Joana sempre foram incapazes de manter uma conversa, então permaneciam ali, sentados em silêncio. Celina ficava aflita e tentava ocupar os vazios, perguntava da horta, de Jackie, dos eventos, pedia alguma receita de pão (os meus nunca funcionam!) e terminava com encomendas de chutney de jaca, homus de beterraba, pesto de rúcula, como se os vidrinhos embalados em papel reciclado suprissem a falta de amor entre elas.

Joana promete a si mesma que vai se comportar como a filha arrependida, que vai ficar ali, de cabeça baixa, recebendo a punição silenciosa. Mas quando Celina enfim os deixa a sós, a filha se cansa e pega o celular. Ela foi humilhada, sofreu, lutou, enfrentou a família sozinha, cabe ao pai reconhecer que ela venceu.

Às vezes pensa que Abel a perdoou, mas que não sabe como se comunicar. Nunca teve de reconhecer os próprios erros, não foi ensinado a pedir desculpas. Não, a situação é ainda pior: o pai cresceu acreditando que as pessoas eram obrigadas a interpretar seus silêncios, a satisfazer a menor expressão de suas vontades. Ele não sabe nem pedir para servirem seu prato; apenas ordena com o olhar. É culpa das tias, que o criaram como se fosse um reizinho.

O pai às vezes geme na poltrona, finge que está sofrendo. É

assim que pede que a menina se aproxime. Joana não lhe estende a mão.

Passa por Duque de Caxias, fica nervosa com as placas, sabe que há apenas uma saída para a Linha Vermelha e, se ela a perder, vai parar na avenida Brasil com os caminhões. Olha o retrovisor, avança com cuidado para a faixa da direita, há um carro que não quer deixá-la passar e buzina, acelera de propósito, Joana xinga e se pergunta o que fez de errado. Freia com brusquidão e joga a Sandero para a pista lateral assim que há um novo espaço, é sua última oportunidade. Continua a ir para a direita, acelerando e freando no movimento da manhã, e pega a alça que se eleva numa curva sobre a estrada. Desemboca nas faixas esburacadas que irão levá-la à Zona Sul e ri, dá tapinhas na direção, sente-se vitoriosa por ter chegado até lá. Tem de novo vontade de colocar uma música e cantar junto, mas Jackie nunca lhe ensinou como fazer para tocar as playlists do celular. Aperta as mãos no volante e se fixa no trecho final. As lembranças estão ali, à espera dela.

Nunca sabe que pensamentos passam pela cabeça do pai quando está vidrado na televisão, sem o aparelho auditivo. O canal fica nas notícias, há imagens da PM matando, brigas no Congresso, negação, mentira e morte, e ela se pergunta se ele gosta, se ouve, o que faria se ela colocasse num programa de culinária, numa comédia romântica, num reality de reforma de apartamentos, numa série policial. Abel provavelmente ficaria da mesma forma, o rosto travado nas imagens, porque o que ele vê está lá dentro, dentro da cabeça podre, e ela se pergunta se, nos meandros podres dessa cabeça, ainda tem um espaço para Odete.

Deixou a família na merda quando se mandou pra Brasília. Velho travado e autoritário, sua fuga foi patética. Ficou encantado com uma mulher bem mais nova que ele, achou que era uma artista *de grande sensibilidade*, só porque pintava uns quadros. Até conseguiu montar exposições para ela nos salões do Congresso, vernissages para os colegas de toga, suas senhoras e seus assessores. Mas lá, pensa Joana, a falsidade e o ridículo se retroalimentam.

Bandidos, ela pensa. Assassinos que circulam por Brasília, que fazem erguer a pilha de mortos. Ela acompanha a contagem diária de corpos e está viciada nos números.

Tem ódios. Uns difusos, outros concentrados. Passou muito tempo odiando a madrasta, por exemplo. Culpou-a pela destruição do casamento da mãe e por sua morte, três anos mais tarde.

Aceitou depois que a história não era essa; o inferno estava na própria família.

Tinha doze anos quando o acidente aconteceu. Ela se lembra que a mãe gritava com Cláudio na sala, não recorda bem o motivo, mas sente que estava envolvida. Tampou os ouvidos, o que não a impediu de ver a mãe levando um soco, caindo sobre a mesinha de centro.

Disso ela se lembra.

A mãe se ergueu com a mão no rosto, gemeu, falou que ia sair de casa. A voz grossa, calma e enganosa, Joana se arrepiou com aquele tom, estranho a ponto de não ser a mãe, mas alguém que falasse através dela: um deus, um domador, uma onça. Joana gritou, chorou, se agarrou à mãe. Disso ela se lembra e sente um gosto ruim na boca, começa a salivar. Tinha medo dos irmãos, não queria ficar com eles. Ao mesmo tempo, a mãe a aterrorizava.

Gravou na memória que a mãe a agarrou pelo pulso e a levou aos solavancos pra fora. Se confundiu com as chaves ao abrir o portãozinho de ferro da entrada, e por um momento estiveram a ponto de voltar pra dentro. Isso as teria salvado, mas não foi o que aconteceu. Ela se lembra de que a mãe tropeçou na calçada rachada. Que a mãe a puxou com tanta força para atravessar a rua que a menina voou, braços e pernas estendidos no ar como uma pipa, e foi trazida de volta com um novo puxão. Mas ela não se lembra do ônibus, nem das freadas ou das buzinas. Não se lembra do velho que a tirou do meio da rua, só se lembra de seu nariz vermelho cheio de buraquinhos. Ele abraçou a menina incólume, em pé no meio do acidente, como se os veículos tivessem passado *através* dela. Tentou fazer com que olhasse em outra direção enquanto cobriam a mãe com uma colcha que alguém pegara de uma das casas, ela se lembra de que era verde com carros de corrida.

Mas a mãe também estava ali, em pé ao lado do ônibus amassado, os braços pendentes, o olhar fixo no nada. O velho de nariz vermelho tinha os olhos molhados, punha as mãos no rosto da menina pra que ela não visse, mas dava pra espiar entre os dedos, os pés de fora da colcha, um deles ainda calçado com a sapatilha, o outro descalço e sujo. Viu a aglomeração, as pessoas cochicharem entre si e olharem pra ela, a menina órfã. A mãe observava tudo sem mostrar raiva ou tristeza. Parecia compenetrada, como quem vai dizer algo mas teve um branco.

Ela se lembra de sentar no banco de trás de um carro de polícia e achar que tinha feito algo muito errado. Chorou, o velho desconhecido estava ao seu lado e lhe deu a mão. Achava que a menina sofria pela morte da mãe, mas não; Joana sentia-se culpada, a mãe tinha brigado com os irmãos por causa dela. Foi o choro de Joana que desencadeara tudo aquilo.

— A culpa é sua.

Marquinho a encara com os olhos sofridos, dissimulados. Cláudio mostra os dentes, muito perto dela.

— A gente estava só brincando. Olha o que você fez.

No carro, o velho de nariz vermelho apertava sua mão esquerda. À direita ia Odete, as mãos no colo, olhar distante na paisagem.

A mãe estava com ela na delegacia, onde um homem fardado lhe deu um pirulito. Estava ao seu lado no caminho de volta e diante do portãozinho de ferro. Joana não se lembrava de ver a mãe tanto tempo sem gritar, chorar ou ameaçar alguém, e aquilo, de certa forma, lhe trouxe paz. Enquanto os policiais aguardavam diante da entrada, a menina teve medo de que a mãe voltasse a brigar com os irmãos, voltasse a chorar e a gritar. Mas Marquinho estava tão assustado ao surgir atrás da porta que Odete teve pena, não disse nada naquele dia nem nos seguintes.

— Foi você a causa de tudo.

Conforme Joana se aproxima da Zona Sul, o fluxo na Linha Vermelha se torna mais intenso. Milhares de pessoas madrugando nos subúrbios em direção aos trabalhos mal pagos. O trânsito ameaça parar, depois se move em pulsos. Ela olha as placas por hábito, sabe que as placas no Rio de Janeiro levam a todos os lugares, menos aos que estão indicados. À sua direita, os muros rachados separam as pistas e os casebres de tijolo e cimento; à esquerda, a mata baixa e suja, entre o verde e o negro, encobre um braço lodoso de água. O céu continua carregado, o sol faz o vapor se descolar do asfalto.

Entre os doze e os catorze anos, viu a mãe todos os dias. Acostumou-se com sua presença, aquela mulher ereta de roupas simples, mãos pendentes e silenciosa. Joana não puxava assunto, sabia que não faria diferença. Mas mantinha pequenos hábitos, como parar de tempos em tempos numa caminhada, aguardando o fantasma. Quem notou foi Cláudio.

— Sua maluca.

E as tias caquéticas, quando os visitavam:

— Está ficando igualzinha à mãe.

Tia Yvonne tinha o rosto em carne viva e era quase careca, a pele formava ondulações ressecadas ao redor do pescoço de abutre. Seus olhos eram baços, encarava a menina e parecia ver algo a mais.

— O que você está escondendo?

Joana recuava, olhos arregalados. Os braços se afastavam do corpo, como se quisesse proteger a mãe logo atrás dela.

— Nada não, tia.

Aparecidinha, por sua vez, tinha as faces cobertas de penugem e farejava o ar.

— Quem está aqui?

A xícara de café tremia em seus dedos longos, de unhas lascadas e recurvas.

— Não tem ninguém, tia.

— Ninguém? Sinto um cheiro de... roupa guardada.

— Aqui só tem eu.

Enquanto Odete esteve ao seu lado, não apanhou dos irmãos. Gosta de pensar que a mãe a defendeu, assim como ela, Joana, a defendia das tias. Uma pela outra, sempre.

Até que a mãe não estava mais lá.

Passou a aparecer nos sonhos, em imagens difusas, e Joana acha que, de alguma forma, Odete se comunica por meio deles. Quando decidiu abandonar a casa do pai, sonhou que as duas faziam um piquenique num parque de verdes brilhantes, mosquitinhos dourados dançavam no ar, a mãe estava banhada numa luz que sugeria calor e acolhimento.

Não foi uma época fácil. Morou em diferentes repúblicas, passou necessidades, trabalhou, apaixonou-se ou achou que tinha se apaixonado, engravidou. Ele se chamava Hélio e havia oito anos que estava para se formar em filosofia. Decidiram ter o filho, ele prometeu terminar a faculdade no semestre seguinte. Dizia que estava atrás de um trabalho, que arrumaria uma bolsa de mestrado, que iria participar de um projeto importante, tinha visto um lugar para morarem. Não disse que a família, de Governador Valadares, estava em constante contato com ele e que a mãe exigiu que voltasse ou cortaria sua mesada.

Joana nunca soube que ele ganhava uma mesada.

Em três meses ele tinha arrumado transferência do curso para Ouro Preto. Insistiu em lhe dar *toda a assistência necessária*, o que significava dinheiro para o aborto, e Joana não aceitou. Hoje ela pensa que devia ter aceitado, devia ter tirado tudo da mãe daquele filho da puta, mas o orgulho é um negócio complicado. Voltou ao Rio nas férias de janeiro e arrumou, por meio de conhecidos, um casarão em Botafogo com pinta de clínica, muito limpo e pacato, cujo preço do procedimento ela só conseguiu pagar com a ajuda de uma amiga.

Quando saiu caminhando do casarão, a mãe estava à sua espera.

Tinha envelhecido, dava para ver as rugas no rosto, o lábio inferior pendente, o cabelo entremeado de fios grisalhos, comprido e liso, descendo até os cotovelos. Usava uma camiseta cinzenta, saia azul médio que nunca tivera em vida. Os pés, no entanto, eram sempre os mesmos: um de sapatilha, o outro sem. Olhava o nada, não parecia tensa nem acusatória.

Ainda a viu algumas vezes nos anos seguintes. Tinha medo de que a mãe aparecesse com uma criança no colo, ou algo assim. Graças a Deus isso nunca aconteceu.

Pensa como teria sido sua vida com o menino.

A Sandero branca sai do túnel Rebouças, o mormaço claro e a lagoa reluzente fazem a mulher comprimir os olhos. A beleza da Zona Sul, ela pensa. Bela fachada, ela pensa. O carro acompanha o declive, Joana freia, engata a segunda e acelera de novo, contorna as águas cinzentas e pensa no pai. Homem influente, filho de um literato, cheio de livros em casa e tão incapaz de lidar com os mais próximos. Quer sentir pena do pai, mas não consegue. Olha por um momento os ciclistas paramentados na faixa estreita da calçada, os vendedores que arrumam seus carrinhos de coco para o movimento mais tarde. Abel e as tias idolatravam vovô Irineu. Diziam que entendia a alma do país, vestido de verde-escuro com gravata preta, marchando ao lado de outros intelectuais ditos humanistas em nome da família, pátria, Deus. Não muito diferente do que somos hoje, ela pensa. A história revolve a merda do fundo e — nota que vai perder a entrada à esquerda para Copacabana e joga a Sandero de uma pista para a outra, um ônibus a fecha e buzina, ela gira a direção pro outro lado, a Sandero sacode, ela freia, o veículo enorme passa milímetros à frente dela e, antes que Joana possa engatar a marcha, ouve as derrapagens logo atrás.

Fecha os olhos à espera do impacto. Escuta buzinas, muitas buzinas e novas freadas, tenta pôr o carro em movimento mas o motor morre, gira a chave na ignição, resmunga e mal pode se ouvir em meio ao buzinaço. O veículo que estava atrás dela canta os pneus e, quando passa ao seu lado, o sujeito está com metade do corpo pra fora.

— Vai se foder, vagabunda!

— Vagabundo é você! — ela grita com os vidros fechados. O carro pega de novo, ela engata a marcha e começa a subir a ladeira à esquerda, sob um cortejo de buzinas.

— Filho da puta — diz, e olha o retrovisor, depois à frente. Sobe a rampa, desce pra Copacabana, o sinal está fechado e ela para justamente atrás do motorista que a xingou. Ele sabe disso e a observa pelo espelho, movimenta os lábios e ri, Joana só pode imaginar o teor dos impropérios. Olha pra esquerda, para a entrada do metrô e um parquinho vazio que foi erguido sobre a ilha de concreto entre as pistas movimentadas, imagina uma criança correndo ali atrás da bola.

A bola quica, quica e quica, atrai o menino para o asfalto. Seu menino. O corpo de Joana treme com um pulso gelado, a pele eriça, ela pode sentir a força do impacto. O ventre se aperta num vácuo, os ombros ficam duros e se curvam, é como se ela estivesse se defendendo de uma violência que já conhece. A cena da mãe caída no meio da rua volta à sua mente. Joana se vê de novo com doze anos, suas lembranças retrocedem e ela refaz o trajeto pela rua com a mãe nervosa, antes do atropelamento. A memória volta mais atrás e Joana se vê cruzando o portãozinho de ferro, depois se vê chorando na base da escada quando a mãe leva um murro do irmão.

— Só uma brincadeira.

Mas há algo mais, a memória ainda não refez todo o percurso.

— A culpa foi sua.

Pode não se lembrar de tudo o que aconteceu naquele dia, mas o corpo sabe.

O sinal abre, ela engata a marcha e, no fim da rua, vira à direita. A boca tem um gosto metálico de sangue.

Está pensando na morte quando embica na entrada do prédio do pai. Desliga o motor e procura, na bolsa jogada no assento do passageiro, a máscara descartável. Ela a ajeita no rosto, abre a porta, pisa na calçada de pedras portuguesas molhadas, poças escuras primordiais se acumulam nos espaços afundados. O jornaleiro, na banca em frente ao prédio, está erguendo a porta de ferro pintada com a bandeira do Brasil. Ele para no meio do caminho e a olha de cima a baixo, não parece impressionado. É troncudo, branco, nariz de batata e cabelos grisalhos terminando num *mullet*. Usa uma máscara verde e grená desbotada na base do pescoço. Joana se vira para o prédio e sente que ele agora observa sua bunda, suas pernas descobertas. O interfone fica preso à grade verde, depois há um pátio estreito e, a seguir, as portas de vidro estão abertas e lá está o porteiro, sentado atrás de uma mesa escura de madeira cheia de papéis, com uma tv portátil cuja tela ilumina o hall escuro. O homem a observa apertar o botão, o interfone toca na mesa, e ele grita de onde está:

— Pois não!

É gordo, usa a camisa azul royal desabotoada no peito peludo. Estreita os olhos tentando reconhecê-la. Ela diz que é filha do seu Abel, do 302.

— É filha do seu Abel, é? — ele diz. Se mexe na cadeira, busca apoio na mesa e se ergue, ajusta as calças. Pega a máscara entre os papéis e a coloca, mas está toda lasseada e pende a centímetros do rosto. Sai do hall e dá três passos no pátio. Joana diz que sim, é filha do seu Abel. Aponta para o carro e pergunta se pode parar um instantinho na garagem.

Ele continua a observá-la, coça um dos cotovelos na dúvida. Olha o carro embicado na garagem e de novo pra ela.

— Os filhos dele tão aí.

— São meus irmãos. Escuta, tem uma vaga pra...

— O porteiro da noite disse que a ambulância veio aí de madrugada — ele comenta, como se a testasse.

— Ambulância?

— Mas o seu Abel continua em casa — ele completa.

— É por isso que eu vim, pra ver ele. Escuta, será que eu posso parar numa vaga?

— Eles se mexeram a noite toda lá.

Ela balança a cabeça e concorda devagar, como se estivesse a par dos acontecimentos. Não vai discutir a saúde do pai com o porteiro. Sente uma respiração atrás de si e se vira. O jornaleiro está quase colado nela, os braços cruzados, sorriso malicioso no rosto. Deixou a porta da banca pela metade, com meia bandeira visível, e escuta atento a conversa. Joana se volta de novo para o porteiro.

— Entendo — diz. — Mas e a vaga?

— Vou abrir.

Ele puxa o controle do bolso, mas não faz nada.

— O general andou reclamando do barulho, viu?

— Que general? — ela pergunta.

O jornaleiro os interrompe, a voz é rouca como se a garganta estivesse cheia de areia.

— O seu Aílton... — balança a cabeça e sorri. — Esse não deixa barato.

— Não deixa não — diz o porteiro, também sorrindo. — Avisou que vai falar com o síndico.

— O general vai pôr ordem nessa bagunça — fala o jornaleiro, e olha de novo para ela. Passa a língua pelos lábios e dá uma piscada.

— Andaram mexendo na luz do prédio — diz o porteiro —, e ele quer saber quem foi.

— A vaga... — diz Joana.

— Grande seu Abel... do 301 — diz o porteiro, corrigindo-a. Estende o braço entre as grades, aponta o controle na direção da garagem e aperta o botão. Ela ouve o alarme sonoro, a luz laranja do portão pisca.

— A senhora deixa lá que eu manobro.

— Deixo a chave?

— Deixa a chave. A senhora vai sair com ele logo?

Ela diz que não sabe, caminha de volta ao carro, sente os olhares cravados nela. Toma o assento e bate a porta com força, aciona a ignição e, num gesto automático, coloca o cinto. Vê o portão estreito e a descida íngreme na escuridão. Engata a marcha e mergulha pela rampa, a garagem parece o interior de uma célula, é úmida, com reentrâncias e corrimentos. Ela para o carro um pouco adiante, entre dois pilares disformes, e deixa a chave com algum receio. Jackie tem o maior xodó com o carro, vai ser um problema se o cretino der uma arranhada.

Sai com a bolsa e abre a porta traseira, se curva sobre o banco e puxa a sacola de pano na outra extremidade. A mochila de roupas também está lá, caída no vão entre os assentos, mas ela prefere deixá-la para trás, pelo menos por enquanto. Não quer que os irmãos pensem que veio pra ficar.

Trouxe na sacola duas geleias e o pão de grãos que a própria Jackie assou. Joana tem de admitir que quis agradar Jackie, mas não é o melhor pão do mundo; é escuro e denso e tem um cheiro pronunciado de fermento. Pensando bem, não deveria ter trazido o pão, não consegue imaginar o pai comendo uma fatia. Há tantos grãos, aliás, que ele pode engasgar. E não combina com as geleias, é salgado, de gosto marcante.

Pensa também no olhar de escárnio que o mais velho vai lançar ao vasculhar a sacola. Essa é uma fonte de perturbação que vibra no fundo da cabeça e que veio crescendo durante a viagem.

O irmão. Não está preparada para encontrar o irmão.

Falou pouco com ele nos últimos vinte ou trinta anos, até que cortou as relações depois da última reunião em família. Celina achava que aquele seria o derradeiro Natal de Abel, então fez o possível para que todos pudessem participar. Cláudio, a mulher e as filhas iriam para o exterior nas férias de fim de ano, Denise passaria as festas com a mãe em Resende. Conseguiram conciliar as agendas no domingo anterior ao Natal. Naquele dia distante, Joana tinha combinado de chegar antes, para ajudar Celina na arrumação, mas não conseguiu. Sim, isso foi culpa sua, ela admite. O que aconteceu a seguir, no entanto, foi causado por Cláudio, apenas por ele.

Foi recebida na cozinha por dona Inez, tirou desajeitada da sacola o salpicão vegano que Jacqueline fizera e a caponata em conserva.

— Acho que eles já comeram a entrada — falou a empregada, afobada. Trabalhava havia tanto tempo com o pai que mimetizava suas manias, qualquer mudança na programação a deixava desconcertada. Celina veio da sala com um sorriso forçado, Joana pediu desculpas, ela disse que estava tudo bem, que não se preocupasse, estava muito feliz de reunir todo mundo de novo, era uma pena que Jéssica não tivesse vindo com ela.

— Onde você estava? — falou Cláudio, entrando na cozinha atrás da madrasta.

— Está tudo bem, não se preocupe — falou Celina, e fez uma menção de levá-lo de volta à sala, mas o irmão não se moveu.

— Estava todo mundo te esperando — ele disse.

A madrasta sorriu sem jeito pra ela, Joana se pegou tentando explicar. Tinha deixado algumas entregas de última hora, tivera de passar em dois endereços antes, pedia desculpas e...

— Ah, coitada! Fazendo entregas em pleno fim de ano! — gritou a madrasta.

— Eram superfaturadas? — disse o irmão, o sorriso no rosto.

— Cláudio... — disse Celina, e tocou nele para tirá-lo dali.

Joana tinha aprendido na ioga a respirar em três pontos como forma de autocontrole. A respiração, no entanto, servia para coisas mais simples: lidar com o atendimento de uma operadora da internet, suportar o trânsito mais pesado que o esperado e, vá lá, se desentender com um vizinho sobre a poda de uma árvore na divisa entre os terrenos (ela respirou em três pontos nesse dia, e pode dizer que teve um êxito parcial). Não para questões entranhadas no ser. Seu rosto escureceu, ela mordeu os lábios. Celina dizia que estava tudo bem, tudo bem, tudo bem. Estavam felizes, felizes, felizes. Dona Inez tinha aberto o forno pra olharem o peru, olharam o peru, apesar de saberem que nos últimos vinte anos Joana fora vegetariana. Ainda faltava bastante tempo pra assá-lo, Celina deu a entender que demoraram a colocá-lo no forno por causa dela. Joana respirou de novo em três pontos e sorriu, passou pelo irmão de cabeça erguida, teve medo de que ele a agredisse. Seu lado racional dizia que eram adultos, que aquilo não acontecia mais, enquanto os músculos se retesavam para o murro, a joelhada, o empurrão.

O pai estava impaciente, sentado na poltrona de vinil bege, tinha se entupido de torradas com patê e com queijo, as pernas estavam polvilhadas de farelos.

— Olá, pai.

— Está adiantada pro Natal de 2017! — ele gritou, gesticulando as mãos angulosas. Se era uma brincadeira, seu rosto não transparecia. Ele via um jogo na TV, ou uma reprise, uma mesa-redonda, Joana nunca se interessou por futebol. A filha de Marquinho estava com ele, sentada na poltrona da madrasta, braços cruzados e expressão cinzenta. Alguém devia ter colocado ela lá pra interagir com o avô, e agora era obrigada a ver aquela estupidez. A empolgação do narrador ecoava pela sala e trincava os ossos, mas o pai se recusava a baixar o volume.

As filhas de Cláudio ocupavam metade do sofá berinjela, cada qual com seu celular e fone de ouvido, apenas ergueram os olhos quando a tia apareceu. Era impressionante como tinham as mesmas feições de hiena do pai. Maria Clara, Marquinho e Denise se ergueram do sofá e das poltronas com meios-sorrisos, deviam estar exaustos de uma conversa que não engatava.

— Você demorou — disse o irmão do meio. Denise abraçou a cunhada e a chamou de querida, fez cara de compadecida quando a madrasta contou que Joana estava fazendo entregas em pleno domingo.

— Deve estar difícil pra você — falou Denise.

— A gente vai levando.

Denise esfregou a mão em seu ombro, ela riu de volta. Nesse ponto do Natal, ainda conseguia erguer as bochechas e mostrar os dentes.

— Na taba onde ela vive ninguém sabe o que é horário —
disse Cláudio, atrás dela. O irmão a seguia como uma alma penada. Como a mãe morta, pensou Joana. Mas, ao contrário da
mãe, o corpo dele fazia sombra, transpirava, soltava bafo quente.

— Venha, querido! — chamou Celina, acenando para Abel
na poltrona. Ela queria uma foto, agora que estavam todos juntos. Ele fez força na bengala, fingindo contrariedade. Vanessa o
ajudou a se erguer, ou fingiu ajudar.

— Você também, querida! — falou Celina, quando a menina ameaçou se afastar para o canto oposto da sala.

Joana procurou sentar o mais longe possível de Cláudio.
Sorrisos pra todos os lados, aquilo doía no fundo do coração.
Sorriu, sorriu e sorriu. Denise nunca parecia satisfeita, queria mais uma foto, mais uma. Levantaram e Joana viu a garrafa
de espumante aberta na mesa, encheu uma taça até a boca. Não
gostava de beber; Jackie dizia que ela *não sabia* beber, que ficava
agressiva e chata. Jackie devia se olhar mais no espelho.

Maria Clara a encarava com dentinhos de pequinês. Era
curioso como suas feições eram pequenas no rosto redondo.
Uma mulher toda curvada e tensa, Joana podia apenas imaginar
o que era a vida conjugal com o irmão. Mas ela merecia; tinha
aceitado, de moto próprio, viver com a criatura. Ter filhos com a
criatura, acordar todo dia ao lado da criatura, transar com a —
chega. O vinho estava morno e o gás subiu pelo céu da boca,
Cláudio a olhava como se ela estivesse roubando algo dele.

— Uma delícia — ela disse, tentando controlar a náusea.

— Como se você soubesse.

Na garagem, ela tem dificuldade de respirar e arranca a
máscara descartável, vê seu reflexo na Sandero. O rosto oval e
ofegante, os olhos escuros, ainda mais escuros com as olheiras, os
cabelos despenteados, pretos com fios grisalhos. Pensa em deixar
o pão pra trás, o pão que Jacqueline embrulhou com tanto cuida-

do, mas tem raiva de si mesma, sente que está traindo a esposa e se endireita. Se não gostarem do pão, problema deles, não vai se sujeitar às suas opiniões.

Caminha apressada até a escada que leva ao elevador de serviço, quer acabar logo com aquilo. A cada degrau, é como se martelassem uma rolha de cortiça em sua garganta, cada vez mais fundo. Ela abre a boca em busca de ar, leva a mão ao pescoço. O elevador está lá, à espera dela, a mulher abre a porta de mola, entra, aperta o botão do terceiro andar. Observa os números dos andares, pintados no concreto, passarem pela janelinha gradeada. Sente um ribombar de angústia, a nuvem de estática cresce e suga sua energia, a rolha da garganta se afunda mais.

Ela estava na cozinha, abrindo uma garrafa de vinho, quando o irmão entrou.

— O que você está fazendo?

— O que te parece?

Ele bufou, esticou as mãos para a garrafa como se ela fosse quebrar algo muito delicado.

— Você nem sabe beber isso aí.

Ela sorriu e enfiou o abridor na rolha com violência. O irmão:

— Você vai beber os vinhos do Marquinho. *Não* esse.

Tomou à força a garrafa e sumiu para a sala. Joana sentiu o rosto queimar e olhou pra dona Inez, que fingia cortar legumes.

Na sala, eles a esperavam em volta da mesa. O pai não tinha gostado do salpicão que Jackie fizera com tanto carinho. Perguntou o que eram aquelas coisinhas no molho, Joana explicou num sussurro que eram chips de soja. Mas o molho de castanha estava aguado, o tempero tinha ficado muito leve, Jackie de fato não havia acertado daquela vez.

— Ah, que interessante — disse Celina, tentando aliviar a

conversa. — Você viu só, Abel? Elas usam essa granolinha no lugar da batata-palha.

O velho franziu o rosto, estalou os lábios empapados, sacudiu a cabeça com um sorriso amargo. Cláudio baixou o rosto para encará-lo, sussurrou em voz alta:

— Ia estar em maus lençóis se fizesse isso na cadeia.

— O quê? — disse Joana, e bateu os talheres na mesa.

— Nada, querida — falou Celina, coçando a nuca. E depois: — Abel...

O velho tinha franzido as sobrancelhas por trás dos óculos e aberto a boca num sorriso silencioso. Chips mastigados se grudavam à língua roxa.

— O quê? — Joana repetiu, os olhos embaçando.

— Nada, querida, não foi nada.

Ela apontou para o vinho aberto, Marquinho ficou na dúvida e olhou para Denise, que balançou a cabeça negativamente, a mão na bochecha para esconder o gesto. Joana se curvou sobre a mesa e pescou a garrafa, viu de relance Vanessa, que a encarava com olhos enormes e assustados, e aquilo de certa forma doeu mais que todo o resto. Joana não ia chorar, não ia. Encheu a taça até a boca.

— Quanta elegância.

— Cláudio... querido... Abel...

Os adultos ficaram em silêncio, as crianças olhando seus celulares. Vanessa baixou tanto a cabeça que era como se quisesse se esconder debaixo da toalha, um sofrimento físico. Maria Clara brincou com as uvas-passas que tinha separado no prato, Cláudio reclamou que o peru estava demorando. Batucou os dedos na toalha, olhando os outros. Celina pegou a mão de Denise e sorriu, pediu que ela contasse o segredo pra se manter tão em forma. Não era suficiente pra mudar o rumo da conversa. Cláudio começou a falar com Marquinho e o pai sobre as mudanças em

Brasília depois que aquela mulher tinha sido posta pra fora. Bando de corruptos que haviam afundado o Brasil, a hora deles tinha chegado. Perguntou ao pai se tinha visto na TV as pessoas de um restaurante em São Paulo escorraçando o ex-ministro.

— Formidável — disse o pai.

— Bando de petistas vagabundos, agora vão ter que arrumar emprego de verdade — disse Cláudio, e olhou pra Joana com um sorriso.

— Em Cuba! — gritou o pai.

Marquinho riu e concordou, não suportava aquelas mulheres histéricas no poder. Umas arrogantes que não entendiam nada de nada. Cretinas. Denise deu um cutucão no marido por baixo da mesa, que todo mundo viu. Joana não sabia mais respirar, bebeu o último gole e viu que a garrafa estava vazia, se levantou desajeitada em direção à cozinha.

No corredor, enxugou as lágrimas com o antebraço. A cozinha estava quente, dona Inez perguntou se ela estava bem, ela disse que sim e fungou, pegou uma garrafa de vinho no aparador.

— Eles estão nervosos que o peru não fica pronto — ela disse. Apoiou a garrafa na pia, girou o abridor na rolha enquanto a empregada se agachava pra regar o animal morto.

Cláudio estava lá, a alma penada.

— Vai encher a cara assim, na frente de todo mundo?

Ela não respondeu, puxou o abridor com força. Cláudio falou de novo, no seu ouvido, pra que a outra não ouvisse:

— Sua maluca fracassad...

Joana se arrepiou ao sentir o hálito quente na orelha. Podia ter saltado pra longe, virou-se na direção do fogão e encontrou o garfo de duas pontas que dona Inez usava pra manusear o bicho. A empregada ainda estava agachada com a cara enfiada no fogão, espalhava gordura líquida sobre a pele esturricada. Na imagem seguinte Joana está enfiando o garfo no irmão.

A mãe, no sonho, olha Joana com intensidade, quer que ela se recorde. O elevador dá um tranco e para no terceiro andar, ela empurra a porta de mola e dá alguns passos no corredor de cimento. Há lixo acumulado ali, a tampa emborcada, louças partidas, nacos de terra, o cabo de uma vassoura e sua cabeça cortada. Vai até a porta da cozinha, marcada com três números de metal, pintados e repintados em sucessivas demãos ao longo dos anos. O coração acelera e dá um soluço, acelera e pula, se retarda, acelera de novo. Ela foi diagnosticada com arritmia anos atrás, pensava que tinha superado, mas não, a causa está ali, do outro lado da porta.

Transpira e passa a mão na testa gelada. É só uma visita, ela pensa, mas há algo diferente. Fazia tempo que não sentia a presença da mãe de forma tão clara. Há um gosto característico, ferroso, que vem com a salivação excessiva. Ela então se dá conta de que o gosto veio crescendo no caminho até ali, e agora é insuportável. É algo que as glândulas captam, é um alarme que percorre o corpo.

Dá mais um passo e fica a um palmo da porta.

Cláudio tinha uns quinze anos quando perdeu o medo da mãe. Odete mandou que ele recolhesse as meias da sala, e o filho, sem tirar o rosto da TV:

— Pega você.

Da primeira vez, Odete ficou muito vermelha e partiu para cima dele. A arma que tinha à mão era um trapo de limpeza, ela o estalou como um chicote, o garoto cobriu o rosto e riu assustado.

É curioso que Joana se lembre disso com tanta clareza. A porta da cozinha resplandece e a convoca pra dentro, a mulher a ignora. Onde ela estava, naquele sobrado, enquanto a mãe usava o pano no irmão? Chorando na sala. Joana estava sempre chorando.

— Você bateu na sua irmã? — a mãe dizia, os dentes rangentes, a respiração entrecortada.

Ele ria.

A menina se lembra da força dos socos, das pancadas que a atingiam nas costas quando ela fugia, mas não era rápida o suficiente. Tentava rir pra provocá-lo, a dor reverberava pelo corpo, os olhos se enchiam de lágrimas. Precisava alcançar o banheiro antes que ele a pegasse. Joana se lembra de Marquinho inconsciente no quintal molhado, a boca entreaberta, o sangue se misturando à água e à espuma do detergente.

— *Mamãe! O Cláudio matou o Marquinho!*

Ela se lembra do pai sentado na sala, numa de suas poucas visitas ao sobrado. Sua cara de contrariedade e repugnância. A mãe os deixava sozinhos, se recusava a ficar sob o mesmo teto que ele. Nas horas que passavam juntos, ficavam na frente da TV enquanto Abel falava com o primogênito. Dava força a ele. Seu filho.

— Sua mãe me disse que você quebrou o trinco do banheiro?

Cláudio ria, o pai também.

— A Joana deu de se trancar — ele dizia, e olhava a menina, sentada no chão. Ela baixava a cabeça, não tinha a quem pedir proteção. O irmão prosseguia:

— Precisei dar uma lição nela.

— Você é o homem da casa.

— Sim, papai.

— Sua mãe... não controla mais ninguém.

— Sim, papai.

— E o Marco?

O menino os olhava, na expectativa. Pobre Marquinho. Vivia sob ameaça, se contasse qualquer coisa que acontecia ali, estava perdido.

— O Marquinho se comporta — dizia o mais velho, com um sorriso ruim.

Joana comprime os olhos de dor. A memória traz à superfície a última noite em que a mãe viveu. Agora Joana vê: os meninos esperaram a madrugada pra entrar em seu quarto. Ela dormia pesado, se lembra de abrir os olhos e pensar que morria afogada. Tentou se debater, levar as mãos ao rosto, alguém a segurava.

— Amarra!

Sentiu as canelas arderem, imobilizadas. Gritou e chorou, uma membrana cobria seus olhos, ela puxava o ar e uma parede de plástico impedia a respiração. Cláudio tinha visto num filme, os soldados atavam a vítima na cama e acertavam sua barriga com o sabonete enrolado numa toalha. O saco plástico na cabeça foi seu toque pessoal. Ela gritou sufocada, gritou e chorou, engasgou, enquanto as toalhas pesadas desciam com força.

— Se falar morre.

Mas ela só pensava em respirar, o saco foi retirado e um dos irmãos ainda ficou lá parado, os olhos enormes, até ser puxado pra fora.

— A gente brinca de luta.

Joana se revirou na cama de dor, sozinha no quarto. Chorou e tentou conter o choro, tinha medo de que os irmãos voltassem e batessem nela de novo. A dor se irradiava pelo corpo da menina, o medo gelava o suor. Não tinha como trancar o quarto, então se escondeu entre a poltrona e o armário, encolhida com pontadas no ventre, rezando pra que não voltassem. Ela se lembra agora. Odete viu as marcas de manhã, quando a encontrou adormecida naquele canto.

As culpas, os medos, as raivas acumuladas, tudo desceu na cabeça de Odete naquele momento.

— *Você...* — O dedo apontava na direção do mais velho e tremia. — *Você...*

Os garotos formidáveis deram risada.

Joana apoia a mão na porta da cozinha e pende a cabeça com o peso da memória. A bolsa e a sacola caem no chão com um estalo, ela cola a testa na superfície branca e tenta respirar. Os fantasmas da memória sobem com o lodo e, uma vez soltos, não dá mais pra contê-los.

A casa está em silêncio e pulsa excitada, à espera de que ela entre. É muito fácil, pensa Joana, é só girar a maçaneta. A fechadura está destrancada, alguém parece dizer isso através da porta. Ela aproxima o ouvido e franze os olhos, tenta ouvir o turbilhão que se eleva do outro lado. Não é a mãe, ela pensa. Há outros mortos ali, revolvendo na cozinha, dissolvendo-se nas paredes, a casa está inchada e doente, a inflamação esquenta o ar, as paredes reluzem de gordura e suor. Se Joana abrir a porta, vai cair numa pústula febril, vai se afundar nas carnes avermelhadas e no pus. Vejam as paredes infladas como tumores, engolindo os móveis. Vejam os homens sentados à volta da mesa instável, cujos pés se afundam no piso descarnado. A mãe não faz isso, a mãe foi sufocada por essa força vingativa e violenta.

Joana sabe que a mesa está posta, esperam apenas por ela. A casa espera, os fantasmas a chamam num sussurro, ela pode ouvir seu sopro. Sente as pernas fracas e escorre pela porta, a testa deixa um rastro de molusco pelo caminho, os joelhos se dobram e batem no chão. Ela abre a boca em busca de ar, seu bafo está quente como a superfície da madeira.

A casa insiste. O piso pende na direção da entrada, ela sente a gravidade pressioná-la pra dentro, seu rosto e seus ombros se colam à porta, os joelhos escorregam pra frente e atingem a soleira, as geleias rolam pra fora da sacola. Em mais um movimento a maçaneta vai girar e Joana estará no apartamento. E, uma vez lá dentro, grudada nas superfícies viscosas, não vai ter como escapar. As tias vão arrastá-la pelos cabelos, vão apertar seu pescoço, vão pregá-la na cadeira pra que obedeça.

Quer gritar mas solta um gemido grosso, emprega toda a força nos braços para descolar a cabeça da porta, fiapos grudentos se esticam, ela grita e toma mais um impulso, lutou até hoje pra estar ali, do lado de fora, não é o inseto que pensam que é, não é um bicho assustado, os mortos não são carne nem ferida, não pulsam e não são febris, os mortos são apenas o vento, e num esforço final ela endireita as costas e as membranas se soltam.

Está ajoelhada diante da lápide branca.

As costas estão molhadas e gelam na blusa, a pele dos braços se eriça. O ar entra sem resistência, Joana enche os pulmões e o solta devagar. Olha a bolsa caída ao seu lado e considera ligar para Marco.

— A gente brinca de luta.

Ela vê o irmão, tão magrinho, o corpo molhado, os shorts empapados. O sangue era grosso e escorria lentamente da cabeça rachada, como um pote de geleia partido.

Agora não tem mais nada que ela possa fazer. Fecha os olhos e ouve o silêncio. Não é um silêncio comum, os vizinhos não se movimentam, os motores não funcionam, mas ainda é cedo, pensa Joana. Depois haverá tempo para a pressa.

A mãe a chama com o olhar redondo e escuro mas ela não ouve.

Ergue uma perna, cambaleia, os braços buscam apoio mas Joana não quer encostar em nada, uma superstição boba faz com que mantenha distância da porta. A porta está de novo fria e branca, é uma porta qualquer, que se abre pra uma cozinha qualquer. Não há sombras naquele corredor de cimento iluminado pela manhã.

Suspira uma última vez e não sente a presença da mãe. Pensa, por um momento, que nunca sentiu a presença da mãe.

Puxa a bolsa, depois a sacola. Dá sim pra conter os fantasmas, ela pensa. Dá pra se manter à margem de sua violência e impedir que destruam nossa vida. Olha a geleia de jabuticaba, que correu e se colou à soleira da porta. Ela se inclina, dobra os joelhos e estende a mão até a metade do caminho. Tem um tremor, recua, depois acha que está assustada com nada e estica de novo a mão, agarra a geleia e sente a onda de calafrio percorrer o corpo. Se endireita e se afasta da porta.

Coloca a geleia de volta à sacola de pano, solta o ar dos pulmões e sorri. Caramba, a gente pode ficar maluca com essas bobagens. Não é que a porta vai *morder* ela, nem nada. Dá as costas pro apartamento e vê que o elevador ainda está lá. O que está na casa fica na casa, não é problema dela. Relaxa os ombros, o dia clareou, ela fugiu uma vez e foge de novo, simples assim. A cabeça da gente. Não é que está fugindo de nada, é que. Dá o primeiro passo e o sorriso some, a porta bate atrás dela.

— A gente brinca de luta.

Deitado no sangue com a cabeça rachada, o menino escancara os olhos pra ela. É tão tolo, a vida toda enganado, e ao mesmo tempo tão frágil.

— Joana.

Nunca precisou tanto dela como agora.

Deitada, quebrada, manchada de sangue, a mãe escancara os olhos pra ela. Está de novo na pista cercada de gente, seu corpo fez um dente na frente do ônibus, foi atirada três metros adiante e caiu de boca no asfalto. Joana vê a si própria com doze anos, em pé ao lado da mãe estraçalhada.

— A gente mata.

A mãe está de novo com ela e as sombras avançam. Joana ouve os grunhidos das tias e a celebração do patriarca, vê a raiva se erguer, vê os fantasmas, ela sabe que não dá pra fugir, eles crescem e se encharcam, incham a casa de ódios antigos. Cantam o hino e ganham as ruas, cidadãos de bem que mastigam e mordem, cada família tem os seus escondidos pelos cantos. Joana deixa a bolsa e a sacola caírem, algo molhado se quebra. O lixo está empilhado ao seu lado, ela empunha a tampa redonda do cesto, depois a vassoura. Quando a porta se escancara pra cuspir seu veneno, Joana se protege com o escudo. As risadas hesitam, os uivos crescem. Joana brande a espada e investe contra a escuridão. Ela também sabe como se luta.

ESTA OBRA FOI COMPOSTA PELA SPRESS EM ELECTRA E IMPRESSA EM OFSETE
PELA GEOGRÁFICA SOBRE PAPEL PÓLEN NATURAL DA SUZANO S.A.
PARA A EDITORA SCHWARCZ EM SETEMBRO DE 2023

A marca FSC® é a garantia de que a madeira utilizada na fabricação do papel deste livro provém de florestas que foram gerenciadas de maneira ambientalmente correta, socialmente justa e economicamente viável, além de outras fontes de origem controlada.